Tucholsky Wagner Zola Scott Sydow Freud Schlegel
Turgenev Wallace Fonatne

Twain Walther von der Vogelweide Fouqué Friedrich II. von Preußen
Weber Freiligrath Frey

Fechner Fichte Weiße Rose von Fallersleben Kant Ernst Frommel
Richthofen

Engels Fielding Hölderlin Tacitus Dumas
Fehrs Faber Flaubert Eichendorff

Feuerbach Maximilian I. von Habsburg Fock Eliasberg Zweig Ebner Eschenbach
Ewald Eliot Vergil

Goethe Elisabeth von Österreich London
Mendelssohn Balzac Shakespeare Dostojewski Ganghofer
Lichtenberg Rathenau Doyle Gjellerup
Trackl Stevenson Hambruch
Mommsen Tolstoi Lenz Droste-Hülshoff
Thoma Hanrieder

Dach von Arnim Hägele Hauff Humboldt
Verne
Reuter Rousseau Hagen Hauptmann Gautier
Karrillon Garschin

Damaschke Defoe Hebbel Baudelaire
Descartes

Hegel Kussmaul Herder
Wolfram von Eschenbach Dickens Schopenhauer
Darwin Melville Grimm Jerome Rilke George
Bronner Bebel
Campe Horváth Aristoteles Proust

Bismarck Vigny Barlach Voltaire Federer Herodot
Gengenbach Heine

Storm Casanova Tersteegen Grillparzer Georgy
Chamberlain Lessing Langbein Gilm
Brentano Gryphius
Strachwitz Claudius Schiller Lafontaine
Schilling Kralik Iffland Sokrates
Katharina II. von Rußland Bellamy
Gerstäcker Raabe Gibbon Tschechow

Löns Hesse Hoffmann Gogol Wilde Vulpius
Luther Heym Hofmannsthal Gleim
Roth Klee Hölty Morgenstern Goedicke
Luxemburg Heyse Klopstock Puschkin Kleist
La Roche Homer Mörike Musil
Machiavelli Horaz
Navarra Aurel Musset Kierkegaard Kraft Kraus Moltke
Nestroy Marie de France Lamprecht Kind Kirchhoff Hugo

Nietzsche Nansen Laotse Ipsen Liebknecht
Marx Lassalle Gorki Ringelnatz
von Ossietzky Klett Leibniz
May vom Stein Lawrence Irving
Petalozzi Platon Knigge
Sachs Pückler Michelangelo Kafka
Poe Liebermann Kock
de Sade Praetorius Mistral Zetkin Korolenko

Der Verlag tredition aus Hamburg veröffentlicht in der Reihe **TREDITION CLASSICS** Werke aus mehr als zwei Jahrtausenden. Diese waren zu einem Großteil vergriffen oder nur noch antiquarisch erhältlich.

Symbolfigur für **TREDITION CLASSICS** ist Johannes Gutenberg (1400 — 1468), der Erfinder des Buchdrucks mit Metalllettern und der Druckerpresse.

Mit der Buchreihe **TREDITION CLASSICS** verfolgt tredition das Ziel, tausende Klassiker der Weltliteratur verschiedener Sprachen wieder als gedruckte Bücher aufzulegen – und das weltweit!

Die Buchreihe dient zur Bewahrung der Literatur und Förderung der Kultur. Sie trägt so dazu bei, dass viele tausend Werke nicht in Vergessenheit geraten.

Eine Blaugras-Penelope

Bret Harte

Impressum

Autor: Bret Harte
Übersetzung: Auguste Scheibe
Umschlagkonzept: toepferschumann, Berlin

Verlag: tredition GmbH, Hamburg
ISBN: 978-3-8424-1332-0
Printed in Germany

Text der Originalausgabe

Francis Bret Harte

Eine Blaugras-Penelope

Autorisierte Übersetzung aus dem Englischen von
Auguste Scheibe

Verlag von J. Engelhorn

1886

Erstes Kapitel.

Sie war dreiundzwanzig Jahre alt geworden und hatte, allem Vermuten nach, bis dahin nichts Besonderes erlebt. Ihre Wiege hatte in den weiten Grasdistrikten von Kentucky – dem Blaugraslande[1] – gestanden und sie war in jenem gemächlichen Behagen aufgewachsen, welches durch die sich ausgleichenden Extreme: kleine Farmhäuser, ungeheure, dazu gehörende Landstrecken, günstige Vermögensverhältnisse, sowie einen vollständigen Mangel an geselligem Verkehr geschaffen wird. Vor ihr lagen alle Möglichkeiten, die das Leben jeder jungen Amerikanerin des Westens vorbehält, und ein Pianoforte in dem Hause mit den kahlen, schmucklosen Wänden, die neuesten Grasschneidemaschinen draußen auf den unabsehbaren Triften, sowie ein Seidenkleid, welches über den unebenen Fußboden des roh zusammengezimmerten Betsaales hinschleifte, konnten bereits als Verheißungen aller dieser Möglichkeiten gelten.

Sie war schön, aber die Macht ihrer Reize erlitt dadurch Abbruch, daß es in den freilich dünn gesäten Nachbarfamilien ebenfalls schöne Mädchen gab. Außer ihrem schmalen, hochspannigen Füßchen schritten andere schmale, hochspannige Füßchen ebenso stolz und graziös über den teppichlosen Estrich der weit verstreuten Blockhäuser – noch andere glänzende, klare Augen waren, wie die ihrigen, imstande, denen von Prinzen und Potentaten zu begegnen ohne die Lider zu senken – einige fanden später wirtlich Gelegenheit die Probe zu bestehen – und die Erbin des Richters der Grafschaft suchte und fand ohne Neid in dem offenen Blicke und dem hochgetragenen Kopfe der Tochter des Grobschmieds das Spiegelbild ihrer eigenen Schönheit.

Unter diesen Umständen hatte sie sich ihrer Zeit mit einem männlichen Individuum derselben Species, einem jungen Manne verheiratet, welcher sein mäßiges Kapital an Wissen und Bildung in der benachbarten kleinen Stadt als Schulmeister verwertete, Nach der Hochzeit hatten sich – den noch ungeschriebenen Gesetzen des

---

[1] Blaugras (Blue-Grass) nennt man das Gras, welches auf dem reichen Kalkboden von Kentucky und Tennessee wächst und dessen Name als Bezeichnung der ganzen Gegend sowie ihrer Bewohner dient. Anm. d. Uebers.

Westens gemäß – die Thüren des elterlichen Hauses liebevoll aufgethan, um das junge Paar hinauszulassen, und dasselbe war ohne Bedauern und ohne großen Gefühlsaufwand gegangen, um fern von diesem, ihnen schon allzu bekannten Schauplätze, ein neues Dasein zu beginnen. Mit ihrer Abreise nach Kalifornien, als Mr. und Mrs. Tucker, wurden sie Fremde für das heimatliche Nest im Blaugraslande und dasselbe kannte sie nicht mehr.

Beide junge Leute ertrugen die schlimmen Tage ihres neuen Lebens mit demselben heiteren Mute, wie sie die überraschenden Glücksfälle hinnahmen. In einem Zeitraume von drei Jahren hatte sich der Schulmeister zuerst in einen Advokaten und dann in einen Geldmann umgewandelt, und seine Frau aus dem Blaugraslande fand sich in diese Umwandlungen mit der ihr eigenen Anmut. Sie verstand es, den plötzlichen Uebergang zum Reichtum und zu dem damit verbundenen, neu erworbenen Einflusse zu mildern, und glich die schreiendsten Mißverhältnisse mit geschickter Hand aus. Nur ein Punkt zeigte sich in dem Bereiche aller dieser erfüllten Möglichkeiten als ein störender. Das Ehepaar hatte keine Kinder. Es war, als hätten die Erfolge ihrer eigenen jungen Jahre auch die Zukunft erschöpft, so daß einer kommenden Generation nichts mehr zu thun übrig bliebe.

Ein heftiger Südweststurm tobte gegen die Fenster der Ankleidezimmer ihres neuen, in einer der hügeligen Vorstädte von San Francisco gelegenen Hauses, und bedrohte die unpassenden und unsoliden Stuckornamente des Balkons und der Simse mit Untergang und Verderben, als Mrs. Tucker durch die Anmeldung eines Besuches in der Beobachtung des Unwetters gestört wurde. Sie fand den gemeldeten Gast, als sie in das Empfangszimmer trat, mit einer halb bewundernden, halb mißbilligenden Betrachtung ihrer Möbel, Tapeten und Gardinen beschäftigt, und erkannte in ihm sofort Mr. Calhoun Weaver, einen ihrer früheren Blaugras-Nachbarn, während sie gleichzeitig mit feinem weiblichen Instinkt herausfand, daß er drauf und dran war, sein angehendes Mißfallen an ihrer Einrichtung auf ihre Person zu übertragen. Mit leichter südlicher Liebenswürdigkeit scheuchte sie dasselbe hinweg, indem sie ihn in vertrauter Weise bewillkommnete und mit seinem Taufnamen begrüßte.

»Schätze, Ihre alten Blaugras-Freunde passen nicht besonders hier in den Firlefanz herein,« sagte er, während er seine Blicke rundum schweifen ließ, als wollte er ihre klaren Augen vermeiden und sich, indem er sich gegen den Eindruck des neuen Glanzes ihrer Umgebung auflehnte, gegen den alten Zauber ihres Wesens wappnen. »Aber ich dachte, ich wollte doch, um der alten Zeiten willen, 'mal mit vorsprechen.«

»Und warum sollten Sie das auch nicht, Cal?« fragte Mrs. Tucker mit ihrem offenen Lächeln.

»Und da ich mich gerade mit 'n paar einflußreichen Freunden auf dem Wege nach Sacramento befinde –« fuhr der Gast noch immer in dem sichtlichen Bestreben fort, sich von ihren Reizen und ihrer Umgebung nicht bethören zu lassen. »Ich bin nämlich mit Senator Dyce von Kentucky und seinem Vetter, dem Richter Briggs, hier – sind Ihnen vielleicht bekannt, oder wenigstens kennt Spencer – wollte sagen Mr. Tucker – die beiden Männer.«

»Schätze, daß es so ist,« erwiderte Mrs. Tucker lächelnd. »Aber erzählen Sie mir etwas von den jungen Burschen und Mädchen daheim und auch von sich selber. Sie sehen sehr wohl aus, und als ob es Ihnen gut ginge.« Hier machte sie eine kleine Pause, um die letztere Bemerkung, welche einer schweren, etwas absichtlich zur Schau getragenen goldenen Uhrkette galt, wirken zu lassen.

»Ich wußte nicht, ob Ihnen viel dran läge, 'was aus dem alten Blaugraslande zu hören,« sagte er ein wenig besänftigt. »Bin selbst 'ne Weile von dort weg gewesen,« und da sich seine Eitelkeit unter dem Verdacht eines leisen Anklanges von Gönnerhaftigkeit in dem Wesen seiner Wirtin sofort aufbäumte, fügte er hinzu: »Es geht den Leuten dort gut – vielleicht ebenso gut wie manchen anderen.«

»Und Sie haben sich noch nicht verheiratet,« fuhr Mrs. Tucker, ohne den Stich zu beachten, schelmisch fort. »O, Cal, Cal, ich fürchte, Sie sind noch immer der alte unbeständige Schmetterling. Welches arme junge Ding härmt sich denn jetzt in Vineville um Sie ab?«

Bei dieser Anspielung auf seine altmodische, häufig den Gegenstand wechselnde Galanterie wurde Cal vor Vergnügen rot bis über die Ohren.

»Na, sehen Sie, Bell,« sagte er, sich vor innerlicher Befriedigung schüttelnd – »sehen Sie, wenn Sie von alten Zeiten sprechen, und etwa denken sollten, ich trüge es Spencer nach, daß –«

Aber Mrs. Tucker unterbrach diesen nutzlosen, sentimentalen Rückblick, indem sie schalkhaft und warnend zugleich den Finger aufhob.

»Genug davon!« sagte sie. »Aber ich bin so neugierig, von Ihnen zu hören, wie es den alten Bekannten geht, daß Sie zum Mittagessen bleiben und mir viel erzählen müssen. Leider treffen Sie Spencer nicht zu Hause; er ist noch nicht von Sacramento zurück.«

So angenehm nun auch Cal Weaver ein *tête-à-tête* mit seiner ehemaligen Nachbarin hier inmitten ihres Glanzes und Reichtums gewesen wäre, so verstieß es doch zu sehr gegen seinen Stolz und vertrug sich zu wenig mit seinen angeblichen notwendigen Geschäften, um es anzunehmen. Außerdem empfand er mit einem gewissen Unbehagen, daß sich hinter Mrs. Tuckers einfacher, ungezwungener Art eine größere Ueberlegenheit versteckte, als er während des früheren Verkehrs an ihr bemerkt hatte. Es wäre ihm im Grunde lieber gewesen, sie hätte sich aufs hohe Pferd gesetzt und herablassende Manieren angenommen, denn damit hätte man sich abfinden und sie ihr schließlich verzeihen können. So stammelte er denn einige nichtssagende Entschuldigungen und sprach von Mangel an Zeit, während er doch gemächlich sitzen blieb. Er hoffte heimlich noch immer auf eine Gelegenheit, ihr etwas Unangenehmes zu sagen, was sie aus ihrer heiteren, gelassenen Ruhe aufstörte, um so einen Teil seines eigenen Aergers auf sie zu übertragen.

»Schätze,« sagte er, indem er endlich zögernd auf die Thür zuschritt, »schätze, Spencer hat sich bei seinen Unternehmungen ordentlich vorgesehen. Das Geschäft mit dem Alameda-Damme, von dem man so viel spricht, ist 'ne gewaltige Sache – vielleicht zu gewaltig für ihn, wenn man's ihm 'mal allein auf dem Hälfe ließe. Aber ich denke, er ist an Wagnisse gewöhnt.«

»Gewiß,« entgegnete Mrs. Tucker heiter, »er hat es ja gewagt, mich zu heiraten.«

Mr. Cal Weaver lächelte, konnte aber der Gelegenheit zu einer galanten Anspielung nicht widerstehen, »Aber Sie sind desto weniger zu Wagnissen geneigt,« sagte er.

»Warum nicht? Habe ich doch Spencer zum Manne genommen,« gab Mrs. Tucker zur Antwort.

Mr. Calhoun Weaver war ein Mensch und unterlag diesem letzten Streiche bezaubernden Uebermutes. Er brach in ein schallendes, diesmal echtes Gelächter aus und schüttelte Mrs. Tucker herzlich die Hand, indem er rief:»Na, das ist echter Blaugrashumor, den hat so leicht kein anderer.« Noch immer lachend verließ er das Zimmer, blieb aber in der Vorhalle stehen, um der herbeieilenden Dienerin vertraulich zu erklären:»Blaugras für immer – könnt Euer Leben drauf verwetten.« Dann öffnete er die Hausthür und wurde allem Anscheine nach von dem Sturme draußen verschlungen.

Auf Mrs. Tuckers Lippen blieb ein Lächeln stehen, bis sie in ihr Zimmer zurückgekehrt war; auch dann, als sie den Blick bereits wieder nach der vom Sturme gepeitschten Wasseroberfläche der Bai hinaus gerichtet hatte, leuchtete es noch für einige Minuten in ihren Augen weiter. Vielleicht schwebte ihr eine Erinnerung aus den friedlichen, in jenen stillen Ebenen verlebten Jugendtagen vor, aber wir müssen es dahingestellt sein lassen, ob bei diesem Rückblick eine sanfter schwingende Saite ihres Herzens erklang, und ob ihr das Bild aus der Jugendzeit interessanter vorkam, als die klaren, scharfen Umrisse ihres jetzigen Lebens.

Außerdem gingen diese Erinnerungen bald in der eifrigen Beobachtung eines Bootes unter, welches, dem Winde gerade entgegen, soeben um die Alcatraz-Insel bog. Obgleich das kleine Fahrzeug fast nur wie ein dunkler Fleck in der grauen Schaummasse erschien, ließ sich bei genauerem Hinsehen doch erkennen, daß es eines der italienischen Fischerboote mit lateinischen Segeln war, die so häufig die Bai kreuzen, und obwohl es mehr als einmal hinter den Schleiern eines niederstürzenden Regengusses verschwand, um dann aufs neue in dem schäumenden Gischt sichtbar zu werden, verfolgte sie seinen mühsamen, aber streng innegehaltenen Kurs nach dem offenen Kanal mit der gespanntesten Aufmerksamkeit. Bei einem momentanen Zerreißen der dunklen Wolkenmassen erschienen draußen die Konturen der »Goldenen Pforte« und dazwischen kam ganz unvermutet das Ziel des kleinen Fahrzeuges – ein großes Schiff, welches bisher im Nebel verborgen gelegen hatte, zum Vorschein. Während sich die Entfernung zwischen Boot und Schiff sichtlich verringerte, verschwanden beide plötzlich wieder in einem Regenschauer, und als dieser aufhörte, verfolgte das Schiff bereits langsam seinen Weg nach der offenen See. Das Boot war verschwunden. Vergeblich wischte Mrs. Tucker die angelaufene Fensterscheibe mit ihrem Taschentuche ab – das kleine Fahrzeug kam nicht wieder zum Vorschein, Indessen hatte sich das Schiff der »Goldenen Pforte« genähert und zeichnete sich, als es die schützende Landspitze verließ, einen Moment mit allen seinen Rahen und Segeln scharf und deutlich wie eine schwarze Totenlade gegen einen lichten, glänzenden Streifen am Horizonte ab. Dann schien es allmählich in der wachsenden Dunkelheit zu versinken. Ein abermaliger Regenguß, der gegen die Fenster schlug, verwischte das Bild und der Eintritt einer Dienerin zog die Aufmerksamkeit der Zuschauerin vollends davon ab.

»Kapitän Poindexter, Ma'am!«

Mrs. Tucker zog fragend die schönen Augenbrauen empor. Kapitän Poindexter war ein Freund ihres Mannes und hatte schon oft bei ihnen gespeist. Dessenungeachtet fragte sie:

»Haben Sie ihm gesagt, daß Mr. Tucker nicht zu Hause ist?«

»Ja, Ma'am.«

»Fragte er nach mir?«

»Ja, Ma'am.«

»Sagen Sie ihm, ich würde augenblicklich hinunter kommen.«

Mrs. Tucker verriet mit keiner Miene, daß ihr dieser zweite Besuch noch weniger angenehm war, als der erste. Sie nährte im Innersten ihres Herzens eine Abneigung gegen Kapitän Poindexter, denn sie hatte mit dem Instinkte einer klugen Frau langst erraten, daß er ihrem Manne in vielen Punkten überlegen war, und als gute Ehefrau empfand sie es sehr unangenehm, wenn der Freund die Beweise für diese Thatsache gelegentlich, ganz unbewußt, im engeren Verkehr zur Schau trug. Neben dieser geheimen Eifersucht bestand zwischen ihr und dem Kapitän eine gewisse geistige Gegnerschaft, von deren Dasein indessen nur die beiden Beteiligten Kenntnis hatten. Beide waren philosophische Köpfe und Mrs. Tuckers heiterer, die Dinge gehen lassender Optimismus vertrug sich nicht mit dem gutmütigen, menschenfreundlichen und thatkräftigen Pessimismus des Advokaten.

»Wenn man bedenkt,« hatte Mr. Tucker eines Tages geäußert, »welche Erfahrungen Jack Poindexter in Bezug auf die menschliche Natur gemacht hat, so ist es wirklich wunderbar, wie mild er denkt und wie geneigt er ist, alles zu verzeihen. Du solltest ihn wirklich höher schätzen, Bell.«

»Damit er auch mir seine Verzeihung angedeihen lassen könnte,« hatte Bell lebhaft erwidert.

»Ich verstehe dich nicht, gebe es aber auf, dich zu einer anderen Ansicht zu bekehren,« hatte Mr. Tucker zur Antwort gegeben, und Mrs. Tucker hatte ihm darauf zärtlich die glatte, hohe, aber sehr thörichte Stirn geküßt und gesagt: »Das ist mir lieb, Schatz.«

Inzwischen hatte sich der zweite Besucher wie der erste damit beschäftigt, die Pracht und Herrlichkeit der neuen Einrichtung mit kritischen Augen zu betrachten; aber es lag dabei mehr Teilnahme als Mißbilligung in seinem Wesen, und dieser Ausdruck war nur einmal getrübt worden. Ueber dem Kamin hing eine große Photographie von Mr. Spencer Tucker. Dieselbe war nach der Art dieser höflichen und diplomatischen Kunst im höchsten Grade retouchiert, verschönert und idealisiert, und als Kapitän Poindexter prüfend auf diese langbewimperten, nußbraunen Augen blickte, auf diesen weich herabfallenden schwarzen Schnurrbart, auf die wohlgeordneten Locken um die Stirn und um den vollen Nacken und Hals, welche der à la Byron umgeschlagene Hemdtragen zum Vorschein kommen ließ, da flog ein gutmütig-humoristisches Lächeln über sein Gesicht und eine mitleidig-ungeduldige Empfindung kräuselte seine Lippen.

»Du bist doch ein rechter Hansnarr, mein lieber Freund,« sagte er halblaut zu dem Bilde.

Er stand noch vor der Photographie, als Mrs. Tucker eintrat. Selbst in Gegenwart besagten Kunstwerkes und im Vergleich mit ihm konnte Kapitän Poindexter für einen gut aussehenden Mann gelten, und die wenigen Schritte, welche er Mrs. Tucker entgegentrat, um sie zu begrüßen, verrieten auf der Stelle, daß sein Titel kein nur nach der Sitte des Landes angenommener war. Seine aufrechte Haltung und die vollkommene Herrschaft über seine Glieder bekundeten noch die militärische Schule. Die Bequemlichkeit der westlichen Civilisation hatte es ihm vor drei Jahren ermöglicht, den Dienst zu quittieren und seine Talente in der einträglicheren Beschäftigung als Advokat zu verwerten; aber wenn dieser Tausch ihm auch Schärpe und Epauletten gekostet, so war doch die Gewohnheit, sie zu tragen, in seiner Haltung noch immer unverkennbar.

»Spencer ist in Sacramento,« sagte Mrs. Tucker, nachdem die erste Begrüßung vorüber war.

»Ich wußte, daß er nicht anwesend ist,« entgegnete Kapitän Poindexter, indem er den ihm angewiesenen Stuhl etwas näher schob, »aber das Geschäft, welches mich heute hierherführt, betrifft Sie beide.« Hier hielt er einen Augenblick inne und blickte zu der Photographie empor. »Ich setze voraus, daß Sie von seinen Geschäften keinen rechten Begriff haben – daß Sie nichts, rein gar nichts davon wissen,« fuhr er fort. Sein Ton war dabei so gütig und doch so bestimmt – gleichsam als müsse dieser Punkt festgestellt werden, ehe er weiter sprechen könne – daß sie beinahe mechanisch bejahte.

»Nun denn, Spencer hat sich in große Unternehmungen eingelassen und sie sind schief gegangen. Sind so gründlich verunglückt, daß sie gar nicht schöner hätten verunglücken können!« setzte Kapitän Poindexter nach momentaner Pause hinzu. »Er ist ein bißchen unvorsichtig gewesen – na, Sie wissen ja, wie es so geht. Er behandelte diese Dinge mehr wie ein vergnügliches Kinderspiel und die Folge ist denn auch, wie gewöhnlich, ein regelrechter Krach. Geld, Kredit und alles, was drum und dran hängt, ist zum Kuckuck,« fuhr er lachend fort. »Verstehen Sie wohl – er ist mit Schiff und Geschirr in die Brüche gegangen. Ich spreche in vollem Ernst.«

Dabei zog Kapitän Poindexter die Augenbrauen in die Höhe, wie um einem etwaigen dem seinigen entsprechenden Heiterkeitsausbruche von feiten seiner Zuhörerin zuvorzukommen, und sie vor dem Zuleichtnehmen der Sache zu bewahren. Dann stand er auf, legte die Hände auf den Rücken und sagte, indem er von der ungefähren Höhe der Photographie halb humoristisch auf sie herabblickte: »Ja, es ist gegangen, wie es in solchen Fällen gewöhnlich zu gehen pflegt.«

Mrs. Tucker fühlte, daß er die Wahrheit sprach, und daß es ihm unmöglich gewesen wäre, ihr dieselbe anders als in seiner eigenen Weise mitzuteilen, aber zwischen dem Gewicht des Schlages und dem eigentümlichen Eindrucke, welchen diese Weise auf sie machte, vermochte sie – obwohl im vollen Bewußtsein der Nichtigkeit und Bedeutungslosigkeit des Wortes nichts zu erwidern, als ein kühles:

»Sie wollen doch nicht sagen –?«

Poindexter nickte noch immer lächelnd.

Mrs. Tucker erhob sich. Sie hatte den ersten Schrecken bereits übermunden und ihr Stolz verlieh ihr eine Ruhe, welche dem Gleichmut« Poindexters, der aus einer immer auf das Schlimmste und Aeußerste vorbereiteten Weltweisheit entsprang, wenigstens gleichkam.

»Wo ist Spencer?« fragte sie.

»Auf der See, und jetzt, wie ich hoffe, bereits außerhalb des Bereichs der Verfolgung.«

War das momentane Erscheinen des aus der Bai hinausteuernden Schiffes ein wunderliches Zusammentreffen oder eine Vision gewesen? Einen Augenblick fühlte sie sich verwirrt und schwindlig – aber sie bemeisterte ihre Schwachheit und es gelang ihr, wenn auch mit etwas leiserer Stimme, zu fragen:

»Haben Sie mir keine Botschaft von ihm zu bringen? Hat er Ihnen nichts für mich aufgetragen?«

»Nichts, gar nichts,« gab Poindexter zur Antwort. »Schätze, er hatte große Eile, davonzukommen, ehe der Krach bekannt wurde.«

»Waren Sie nicht dabei, als er abreiste?«

»Nein,« erwiderte Poindexter, den Kopf schüttelnd. »Ich hatte schwerlich meine Zustimmung dazu gegeben. Aber,« setzte er mit entschuldigendem Lächeln hinzu, »er mußte ja natürlich am besten zu beurteilen wissen, was sich thun ließ.«

»Vermutlich wird Spencer mir schreiben, wenn er in Sicherheit ist,« sagte Mrs. Tucker ruhig. »Der Arme wird nur zu viel zu bedenken gehabt haben.«

Sie sprach in so gefaßtem, natürlichem Tone, daß sich Poindexter täuschen ließ. Er ahnte nicht, daß die Frau da vor ihm nur an die Einsamkeit in ihrem verdunkelten Zimmer dachte, und nur das eine, beinahe wahnsinnige Verlangen hegte, sich dorthin zu flüchten.

»Das wird er wohl,« fuhr Poindexter fort, während er die Photographie anblickte. Da aber Mrs. Tucker noch immer stehen blieb, setzte er ernster hinzu: »Indessen war ich nicht gekommen, um Ihnen zu sagen, was Sie morgen früh in den Zeitungen gelesen haben würden, und was Ihnen außerdem jeder andere ebensogut hätte mitteilen können. Ich kam, um wo möglich einen Bruchteil Ihres Vermögens aus dem allgemeinen Untergänge zu retten. Verstehen Sie? Ich möchte einige verstreute Brocken sammeln und sichern.«

»Für ihn?« fragte Mrs. Tucker mit aufleuchtenden Augen.

»Wenn Sie so wollen – natürlich – aber auch für Sie selbst. Kennen Sie den Viehhof de los Cuervos?«

»Ja.«

»Diese Besitzung ist die einzige von seinen Liegenschaften, welche Ihr Gatte nicht verkauft, verpfändet und mit Hypotheken überhäuft hat. Ob er sie absichtlich ausgeschlossen oder nur vergessen hat, weiß ich nicht zu sagen.«

»Aber ich kann es Ihnen sagen,« rief Mrs. Tucker, indem ihr Gesicht wieder etwas Farbe gewann. »Es war das erste Eigentum, das wir erwarben, und Spencer sagte immer, das sollte mir gehören und er wolle ein neues Haus dort bauen.«

Kapitän Poindexter lächelte und nickte dem Bilde zu.

»Ah, das hat er also gesagt! Nun es ist mir Beweis genug. Aber er hat Ihnen wohl nie eine Urkunde darüber gegeben, und morgen bei Sonnenaufgang werden die Gläubiger den Rancho mit Beschlag belegen, es wäre denn –«

»Es wäre denn –?« fragte Mrs. Tucker mit flammendem Auge.

»Es wäre denn, daß man Sie bereits im Besitze fände,« fuhr Kapitän Poindexter fort.

»Ich werde mich sogleich hinbegeben,« sagte Mrs. Tucker.

»Das werden Sie natürlich,« erwiderte Poindexter wieder in scherzendem Tone. »Die Frage ist nur: wie? Los Cuervos liegt vierzig englische Meilen von hier und Sie können weder das Dampfboot, noch die Postkutsche benutzen, das Dampfboot geht in einer Stunde ab.«

»O, hätte ich das alles doch etwas früher gewußt!« rief Mrs. Tucker.

»Ich wußte es, aber Sie hatten Gesellschaft und ich wollte Sie nicht stören,« gab Poindexter mit etwas ironischer Galanterie zur Antwort. Dann fuhr er, ohne sich auf eine Erklärung einzulassen, wie er zu der Kenntnis gekommen, gelassen fort: »In der Postkutsche würde man Sie erkennen. Sie müssen ein Privatfuhrwerk benutzen und den Weg allein zurücklegen, denn sogar ich kann Sie nicht begleiten. Ich muh hier noch allerlei ordnen, um Ihnen den Besitz zu sichern, werde aber dort so bald als möglich mit Ihnen zusammentreffen. Können Sie einen Wagen eigenhändig vierzig Meilen weit kutschieren?«

Mrs. Tucker hob wie zerstreut ihre schönen Augenlider.

»Daheim habe ich einmal eine Strecke von fünfzig Meilen auf diese Weise zurückgelegt,« gab sie einfach zur Antwort.

»Gut. Damals thaten Sie es wahrscheinlich nur zum Spaße und weil es Ihnen Vergnügen machte. Thun Sie es jetzt einmal aus solideren Gründen. Sie sollen unterwegs Relaispferde finden und ich werde Ihnen eine Karte der Gegend und des Weges zustellen. Das Wetter ist zwar für eine Spazierfahrt sehr schlecht, aber das hat auch sein Gutes, Sie werden nur um so weniger Menschen begegnen.«

»Wann soll ich mich auf den Weg machen?«

»Je eher, je besser. Ich habe schon alles vorbereitet,« fuhr er lachend fort, »und ich denke, ich habe Ihnen damit ein Kompliment gemacht.« Nach einem Blick in ihr gefaßtes, ernstes Gesicht setzte er etwas gemessener hinzu: »Sie sind die Frau dazu, so etwas auszuführen. Und jetzt hören Sie meinen Plan.«

Damit fing er an, ihr denselben in allen Einzelheiten zu erklären, aber Haltung und Ton der beiden war dabei fern von aller Erregtheit und Geheimthuerei, und die Dienerin, welche ins Zimmer kam, um das Gas anzuzünden, hätte nie geahnt, daß man in ihrer Gegenwart von dem Bankerott und Ruin des Hauses sprach und die heimliche Flucht ihrer Herrin beriet.

»Leben Sie wohl; ich werde also morgen das Vergnügen haben, Sie zu sehen,« sagte Mr. Poindexter mit einem bedeutsamen Blick, während ihm das Mädchen die Thür öffnete.

»Leben Sie wohl,« erwiderte Mrs. Tucker, und nachdem sich die Thüre hinter ihm geschlossen, fuhr sie zu ihrem Mädchen gewendet m demselben ruhigen Tone fort: »Du brauchst das Gas in meinem Zimmer nicht anzuzünden, Mary; ich werde mich nur einige Augenblicke niederlegen, und muß dann zum Abend hinüber zu Robinsons.«

Sie betrat ihr Gemach in vollkommen gefaßter Haltung. Das Verlangen, sich auf ihr Bett zu werfen, den Kopf in die Kissen zu drücken und ihre Lage zu überdenken, war nicht mehr vorhanden. Sie klagte das Schicksal nicht an und weinte nicht. Ueberhaupt thun dies nur wenige echte Frauen, wenn ihnen unter harten Schicksalsschlägen etwas anderes zu thun übrig bleibt, d. h. wenn es darauf ankommt, zu handeln. Sie wußte alles, hatte die ganze Tiefe des Unglücks ermessen und kam sich schon so alt an Erfahrung vor, daß es ihr fast schien, als sei sie seit lange darauf vorbereitet gewesen. Vielleicht überblickte sie aber das Mißgeschick dennoch nicht in seinem ganzen Umfange, denn in einem Leben wie das ihrige sah es ja nur aus wie ein Zwischenfall, wie das Umwenden eines Blattes in dem unendlichen Buche der Jugend – wie ein Umschwung der Dinge, die, wie sie sich jetzt gestand, bereits angefangen hatten, ihr sehr einförmig vorzukommen. In der That war sie gar nicht sicher, ob der stete Erfolg sie befriedigt hatte. War ihr damit wirklich zu teil geworden, was sie gehofft und ersehnt? Sie würde alles dies so gern gegen Spencer ausgesprochen haben, nicht nur, um ihn zu trösten, sondern auch, um für die Zukunft mit ihm zu einem besseren Verständnisse des Lebens zu gelangen.

Vielleicht unterschied sie sich in diesem Punkte nicht von anderen Frauen mit liebebedürftigem Herzen, welche – in dem Glauben an ein unerreichbares Ideal der Ehe – nicht aufhören, die Erfüllung desselben von wechselnden äußeren Zufälligkeiten, von Glücks- oder Unglücksfällen, von Kindersegen oder von dem Verlust eines Freundes zu erwarten. Bei der Kinderlosigkeit ihrer Ehe hatte kein anderes Leben in den gegenwärtigen Verhältnissen Wurzel geschlagen und niemand als sie und ihr Gatte erlitten die Umpflanzung in einen anderen Boden. Nur sie und Spencer konnten durch den Wechsel verlieren oder gewinnen, und wer weiß, ob nicht ein »volles gegenseitiges Verständnis« aus einem solchen Umschlage der Dinge erwuchs.

Gern wäre sie in diesem Gedanken an das Fenster getreten, um noch einmal nach der Richtung hin zu blicken, in welcher vorhin das Schiff verschwunden war, aber ein anderes Gefühl hielt sie zurück. Sie wollte alle Sehnsucht nach ihm unterdrücken, bis sie etwas gethan hatte, um ihm zu Hilfe zu kommen und das Vertrauen zu verdienen, das er in sie zu setzen schien. Vielleicht entsprang die Empfindung aus Stolz – vielleicht glaubte sie gar nicht, daß er das Land für immer verlassen habe, oder daß seine Flucht allzuweit gehen würde.

Obwohl sie wußte, daß alle die Schmucksachen und hübschen Kleinigkeiten, die sie umgaben, morgen in die Hände des Gesetzes fallen würden, packte sie nur das Notwendigste und einige wenige täglich getragene Schmuckstücke für ihre Flucht zusammen; aber diese Selbstbeschränkung ging doch, wie wir hinzusetzen müssen, mehr aus Geringschätzung des Tandes, als aus moralischen Gründen hervor. Sie hatte ebensowenig, wie andere schöne Frauen, eine Idee von den moralischen Verpflichtungen eines Bankerottierers, sondern wollte nur möglichst wenige Erinnerungszeichen an das eben abgeschlossene Kapitel ihres Lebens mit sich nehmen. Ohne eine Spur von Bedauern blickte sie sich in dem Daheim um, das sie verlassen wollte. Keine traditionelle Erinnerung oder Gewohnheit wurde dadurch gestört. Ihre Wurzeln hafteten zu sehr an der bloßen Oberfläche, um durch die Verpflanzung zu leiden; das Glück ihrer Ehe war nicht an dies Haus und seine heilige Flamme an keinen besonderen häuslichen Herd gebunden.

Ohne einen Seufzer schlüpfte sie, als die Nacht herabgesunken war, unbemerkt die Treppe hinab. Vor der Thür des Empfangszimmers blieb sie stehen, und zum erstenmal an diesem Abende überkam sie etwas, wie ein Gefühl von Schuld und Scham. Verstohlen um sich blickend, stieg sie vor dem Bilde ihres Mannes auf einen Stuhl, küßte seinen tadellosen Schnurrbart, indem sie leise vor sich hinmurmelte: »Du lieber, thörichter Mensch du!« schlüpfte wieder hinaus, schloß leise die Thür und verließ für immer das Haus, welches bis dahin das ihrige gewesen war.

Zweites Kapitel.

Wind und Regen hatten die ohnehin wenig belebte Vorstadt noch mehr verödet und alle etwa unbequemen Pflastertreter verscheucht. Die düster brennenden, sehr dünn gesäeten Straßenlaternen verrieten die flüchtig dahin eilende Gestalt nicht, und kaum hatte sie die zweite Straße überschritten, als sie das Klappern von Pferdehufen hinter sich vernahm. Eine leichte, bedeckte Chaise mit vier hohen Rädern, ein sogenannter Buggy, kam heran, und hielt dicht am Trottoir. Poindexter sprang heraus. Sie stieg schnell ein, aber er behielt die Zügel des ungeduldigen Pferdes noch einen Augenblick in der Hand.

»Das Tier ist ziemlich feurig,« sagte er. »Sind Sie überzeugt, seiner Herr zu werden?«

»Geben Sie mir die Zügel,« erwiderte sie einfach.

Er legte die Riemen in die beiden festen, wohlgeformten Hände, welche sich aus der Tiefe des Wagendaches hervorstreckten, blieb aber noch einen Moment stehen.

»Eine schwere Aufgabe für eine Frau,« sagte er beinahe rauh. »Ich kann Sie leider nicht begleiten – aber sprechen Sie offen – gibt es denn sonst keinen Mann, dem Sie sich anvertrauen dürften? Denken Sie einen Augenblick nach – noch ist's Zeit.«

Er schwieg während er die Spritzleder des Gefährtes zuknöpfte.

»Nein, es gibt keinen,« entgegnete eine feste Stimme unter dem Dache des Wagens hervor. »Es ist auch besser so. Alles fertig?«

»Nur noch einen Moment,« fuhr er in seiner gewöhnlichen, halb scherzenden Weise fort. »Sie haben einen Freund und Landsmann bei sich – wissen Sie das? Ihr Pferd ist Blaugrasblut. Gute Nacht.«

Fort ging die Reise. Das Pferd setzte sich in Galopp, als sei es begierig, seinem Heimatlands, welches auch das der schönen Frau hinter ihm war, Ehre zu machen; aber die feinen, nervigen Hände, die sein Ungestüm mehr nur zu leiten, als zu hemmen schienen, brachten es bald in den seiner Rasse eigenen langen Trab und mußten es stetig darin zu erhalten. Der leichte Buggy rasselte durch die gepflasterten Straßen, um dann, nachdem die Landstraße erreicht war, schnell und geräuschlos wie ein Nebelgebilde dahin zu fliegen.

Mrs. Tucker sah den graziös gerundeten Rücken des Pferdes in strengem Rhythmus vor sich auf und nieder tauchen und empfand den verständnisvollen Druck des Tieres, das sich unter der verantwortlichen Leitung einer starken aber gütigen Hand fühlte, auf dem Gebiß, Der Reiz eines errungenen Sieges rötete ihre kalten, bleichen Wangen, ein Gefühl von Stolz ließ ihr beklommenes Herz höher aufschlagen und ein feuchter Glanz trat in ihre braunen Augen. Die einsame Frau, welche ohne Mann und Heimat durch Sturm und Nacht flüchtete, sie wußte kaum wohin, beugte sich vorwärts zu dem Pferde.

»Bist du wirklich ein Blaugras-Landsmann, mein alter braver Kerl?« fragte sie schmeichelnd. Er bejahte die Frage durch ein freundliches Schnauben mit zurückgewendetem Kopfe. »Und willst du auch gut sein gegen die arme Bell, und ihr nichts zuleide thun?« fuhr sie in liebkosendem Tone fort. Aber hier machte ihn der Zauber ihrer Stimme übermütig und er warf den Kopf so heftig empor, daß Mrs, Tucker den doppelten Triumph hatte, die Leidenschaft zügeln zu müssen, die sie geweckt.

Um in diesen ersten Abendstunden belebtere Gegenden zu vermeiden, war beschlossen worden, daß sie einen etwas weiteren, aber jetzt ganz einsam liegenden Weg einschlagen sollte, nämlich den berühmten Korso von San Francisco, eine mit Kies gut aufgeschüttete Straße, von etwa vier Wegstunden Länge, welche am Meeresstrande entlang, bis zu einem, mitten in den Strandklippen erbauten »Erfrischungstempel« führt. Diese Straße war, dem Wind und dem Regen preisgegeben, jetzt vollständig öde und verlassen; Mrs. Tucker würde dieselbe aus eigenem Antriebe nicht gewählt haben, denn mit der instinktiven Eifersucht aller Ackerbauer und Viehzüchter der binnenländischen großen Flußgebiete haßte sie das Meer, und außerdem war der Anblick der weiten Wasserwüste nur zu sehr geeignet, ihr die mit der Flucht ihres Mannes zusammenhängende Vision ins Gedächtnis zu rufen, an die sie nicht mehr denken wollte. Hier auf dem Strandwege angekommen, ließ sich der Verlockung, ihr nachzuhängen, kaum noch ausweichen. Der vereinigte Donner des Windes und der Wellen schlug voll an ihr

Ohr, und als der Sturm Mrs. Tucker zwang, das schützende Dach des Buggy zurückzuschlagen, wenn sie nicht Gefahr laufen wollte, mit dem leichten Gefährt umgeworfen zu werden, vermochte sie die Augen nicht mehr vor dem wogenden Chaos zu schließen, aus welchem heraus die an den Klippen brandenden, aufschäumenden und wieder verrinnenden Wellen wie bleiche Geister unheimlich zu grüßen und zu winken schienen.

Dann und wann schoß in der Finsternis ein weißer Gischtstreifen zwischen den Rädern des Buggy über den Weg, als ob er in zornigem Zurücklauschen den widerstrebenden Strand mit sich hinabreißen wollte, und der blinde Schrecken des Pferdes, welches bei jeder herandringenden Schaumwelle zur Seite sprang, besiegte endlich die halb abergläubische Furcht, welche sich der einsamen Frau zu bemächtigen drohte. Unter den Bemühungen, das Tier zu beruhigen, gewann sie ihr Selbstgefühl wieder, aber das salzige Naß, das ihrs Wimpern feuchtete, war nur zum Teil sprühendes Seewasser.

Diesem Zustande folgte ein Umschlag in das Gegenteil, welcher vielleicht der vollkommenen Beherrschung des mutigen Pferdes mit entsprang, und eine Weile – sie wußte nicht wie lange – schwelgte sie in einer mahnsinnigen Freude an Macht und Freiheit. Sie vergaß alle Sorgen, vergaß die verlorene Heimat sowie die Trennung von dem geliebten Lebensgefährten, und versenkte sich mit der ganzen Heftigkeit des weiblichen Gemütes in den einen glühenden Wunsch, ein Mann zu sein. Dabei wurde sie nicht gewahr, daß der Weg sich drehte und vom Strande abbog. Erst das lautere Klappern der Hufe auf festerem Boden sagte ihr, daß sie die See jetzt im Rücken hatte und daß sie sich der ersten Station ihrer Reise näherte. Eine halbe Stunde später schimmerten ihr aus der Dunkelheit die Lichter des Wirtshauses entgegen, in dem sie ein anderes Pferd bekommen sollte.

Zum Glück interessierte sich der Hausknecht mehr für das Pferd, welches eine Art Ruf in der Umgegend genoß, als für die verhüllte Gestalt im Schatten des zurückgeschlagenen Wagendaches und führte das Tier nach einer sorgfältigen Betrachtung seiner Hufe und einigen bewundernden Ausrufen, welche seinen vorzüglichern Eigenschaften galten, in den Stall. Mrs. Tucker hätte gern einen zärtlicheren Abschied von ihrem vierfüßigen Landsmanne genommen und empfand ein plötzliches Gefühl von Einsamkeit, als sie den neuen Freund davongehen sah – verhielt sich aber in der Erinnerung an allerlei Vorsichtsmaßregeln, welche ihr Kapitän Poindexter anempfohlen, still und schweigend.

Der offenbar für ihr Ohr bestimmte Ausruf des Hausknechtes: »Na, bringt ihr denn den Mustang für die Señora noch nicht herbei?« setzte sie in einige Verwunderung – aber erst als das neue Pferd vorgespannt war und der Hausknecht sich für das ihm zugeworfene Goldstück, trotz seiner unzweifelhaften angelsächsischen Abkunft mit einem »Gracias!« bedankt hatte, fing der Grund dieser Vorsichtsmaßregel an, ihr klar zu werden – und das Blut stieg ihr bei diesem ersten Verdachte eines Betruges heiß ins Gesicht. Wie durfte er sich erdreisten, sie für eine andere Persönlichkeit auszugeben? Warum reiste sie nicht unter ihrem eigenen Namen, das heißt unter dem ihres Mannes? Sie biß sich heftig in die Lippen und gab sich einer Reihenfolge sehr unerfreulicher Gedanken hin.

Sie dachte plötzlich an Calhoun Weaver und keineswegs mit angenehmeren Gefühlen. Er hörte gewiß schon morgen von dem Sturze Spencers, vielleicht sogar von ihrer Flucht, und in welchem Lichte mußten ihm nun ihre leichtfertigen Reden erscheinen? Würde er glauben, daß ihr der Zusammenbruch ihrer Verhältnisse damals wirklich noch unbekannt gewesen war? Und diesem Gedanken, was andere von ihr halten möchten, schloß sich die viel gewichtigere Frage an, was Spencer empfinden müsse, wenn er sich der Beurteilung und Verurteilung solcher Menschen wie Calhoun preisgegeben sähe. Ob die Leute wohl erfahren würden, daß er sie, seine Frau, in Unwissenheit über seine Flucht gelassen? Ob es Poindexter gewußt, oder sich nur so gestellt hatte? Warum war sie nicht klug und geschickt genug gewesen, ihn glauben zu machen, daß sie bereits unterrichtet sei!

Im Augenblicke haßte sie Poindexter darum, daß er dies Geheimnis kannte. Dann empörte sich ihr stolzer Sinn wieder gegen den Mangel an Vertrauen, welchen Spencer ihr gezeigt. Er hatte offenbar keine große Meinung von ihrem Talent, ihm zu helfen und beizustehen. Natürlich hatte der Arme es nicht übers Herz bringen können, ihr Schmerz zu bereiten, oder sich Leuten wie diesem Calhoun und selbst diesem – wie sie mit einer Art von innerlichem Frohlocken hinzusetzte – diesem Poindexter anzuvertrauen. Aber er hätte ihr doch immerhin, als er sich auf die Flucht begab, eine Zeile senden sollen, wenn auch nur, um sie darauf vorzubereiten, daß sie der Schande allein würde begegnen müssen. In ihrer Herzenseinfalt kam ihr nicht bei, daß sie als Gefühlsirrtum nahm, was die Welt wahrscheinlich als feige Selbstsucht bezeichnete.

Gegen Mitternacht legte sich der Sturm und einige Sterne wurden durch die zerrissenen Wolken sichtbar. Mrs. Tuckers Augen hatten sich an die Finsternis gewöhnt und ihre ländlichen Instinkte, welche in den letzten Jahren während ihres Lebens in der Stadt eingeschlummert waren, wachten urplötzlich wieder in ihr auf. Sie fühlte den kühlen Hauch frisch umgebrochener Felder, sog den kräftigen Duft bereits keimender Saaten und junger Baumsprossen ein und fing an, daran zu denken, ob Los Cuervos wohl in demselben saftigen Grün schimmern würde, wie die heimatlichen Triften. In ihrer Phantasie blitzte ein ehrgeiziger Plan auf, das verlorene Vermögen durch Ackerbau und Viehzucht wieder zu gewinnen. Ihr Geschmack und häuslicher Sinn hatten sich längst gegen die jetzige lieblose, gleichsam mechanische Ausbeutung des so fruchtbaren kalifornischen Bodens empört, welche – da die großen Unternehmer, die ihn betreiben, nur selten ein bleibendes Heimwesen für sich und ihre Familien in diesen Gemarkungen gründen – dem Lande den Stempel der Verödung aufdrückt. Die Vision einer weinumrankten Cottage stieg mit allem heimatlichen Zauber vor ihr auf; aber dieselbe stimmte sie nicht sentimental.

Da ihre vom langen Sitzen erstarrten Glieder anfingen zu schmerzen, so benutzte sie die Sicherheit, welche die Nacht und die Einsamkeit der Felder ihr gewährten, um abzusteigen. Mit hochgeschürzten Kleidern ging sie neben dem Mustang her, bis ihr Blut wieder in raschere Bewegung gekommen war, und die plötzliche Erscheinung eines Prairiewolfes, eines sogenannten Coyoten, sie erschreckte und in den Buggy zurücktrieb. Aber sie fühlte sich durch den Marsch gestärkt und fähig, ihre Reise fortzusetzen. In der früh anbrechenden kalten, grauen Dämmerung langte sie am Ende ihrer zweiten Station an. Hier verließ sie wieder die Hauptstraße, welche bei Anbruch des Tages und durch die Nähe einiger Viehhöfe unsicher wurde. Der Weg war rauh und uneben, und dies, sowie das neue Pferd machten die noch vor ihr liegende Strecke zu der gefährlichsten und anstrengendsten der ganzen Tour. Die wenigen Wagenspuren, welche den Weg bezeichneten, waren oft kaum zu erkennen, führten zuweilen durch Holzschläge und Rodungen, an verdächtigen Morästen entlang, an steilen schlüpfrigen Höhen hinauf, oder schlängelten sich an schroffen Abhängen mit scharfen Biegungen dahin. Einigemal mußte sie sogar aussteigen, um an solchen Abhängen die glitschenden Räder zu stützen, oder, um den Wagen zu erleichtern und ihn durch ausgefahrene Geleise und zähen Schlamm zu bringen.

Endlich vermochte sie im undeutlichen Morgenlichte in der Entfernung die niedrige, von Sümpfen und Kanälen durchschnittenen Marschen zu unterscheiden, hinter denen sich die hellgraue Fläche der untern Bai ausdehnte, sowie die etwas dunkleren Umrisse einer Halbinsel, welche, wie sie wußte, die äußerste Grenze ihres künftigen Wohnsitzes, des Rancho de los Cuervos bildete. Eine Stunde später neigte sich der Weg nach der Ebene hinab und näherte sich wieder der Landstraße, neben welcher er nun beinahe ohne Unterbrechung hinlief. Nach einem etwaigen frühen Reisenden ausspähend, blickte Mrs. Tucker die Straße auf und ab, da sich diese aber nach Norden und Süden in anscheinend gleicher unabsehbarer Einsamkeit vor ihr ausdehnte, lenkte sie kühn und keck in dieselbe ein und trieb ihr Pferd zu möglichst schnellem Laufe, bis sie den seitwärts abbiegenden, nach dem Rancho führenden Fahrweg erreicht hatte.

Hier hielt sie eine Weile und ließ ihrem Mustang die Zügel auf den Rücken fallen. Eine seltsame, unbegreifliche Zaghaftigkeit bemächtigte sich ihrer. Die Schwierigkeiten der Reise waren vorüber, der Viehhof lag, kaum noch eine Wegstunde entfernt, vor ihr; sie hatte den wichtigsten Teil ihrer Aufgabe in der gegebenen Zeit erfüllt – und nun hielt sie unschlüssig und zögernd ihr Pferd an. Was war denn über sie gekommen?

Sie rief sich Poindexters Worte, ihre eigene Begeisterung ins Gedächtnis zurück, aber vergeblich. Alles, was sie noch wußte, war, daß sie sich hier befand, um das Eigentum ihres Mannes in Besitz zu nehmen – aber für diesen einfachen Zweck erschienen ihr plötzlich die Mittel und Wege so übertrieben und lächerlich geheimnisvoll, daß sie sich von Angst vor irgend einem drohenden Etwas, vor einer Gefahr ergriffen fühlte, die sie vielleicht nicht ins Auge gefaßt hatte und in welche sie sich nun blindlings hinein stürzte.

Unter dem Einflusse dieses sonderbaren Gefühls hielt sie noch vor dem sich von der Landstraße abzweigenden Wege, als ein eigentümlicher Ton sie aus ihrer Unentschlossenheit aufrüttelte. Wie ein flüchtiger, unsichtbarer Note der Luft, wie die Ankündigung eines fliegenden Herolds oder eines nahenden Sturmes schwirrte er, erst anschwellend, dann wieder verhallend vorüber und durchschauerte Mrs. Tucker bis ins Innerste. Erschrocken schaute sie in die Höhe, von woher der Ton zu kommen schien, und erblickte über sich zwei Telegraphendrähte. Sie mußte nun, daß sie es waren, welche unter dem Hauche des Morgenwindes diesen vibrierenden Aeolsharfenton von sich gegeben hatten – aber der Anblick weckte eine andere mehr praktische Befürchtung in ihrer Seele. Wurde sie nicht vielleicht in demselben Augenblicke von dem Telegraphen überholt! Hatte Poindexter daran gedacht? Jetzt zögerte sie nicht langer. Die Peitsche berührte den Rücken des ermüdeten Mustang und von neuem trabte er vorwärts.

Als die Fernsicht sich mehr aufklärte, wurde ihre Aufmerksamkeit durch die weißen Segel eines kleinen Bootes in Anspruch genommen, das langsam in dem sich durch die Marschen schlängelnden Kanäle daher kam. Das konnte Poindexter sein, der den näheren Weg zu Wasser benutzt hatte, und sich nun von dem Dampfboote, welches bei Bedarf an dem alten Landungsplätze von Los Cuervos anlegte, herüberrudern ließ. Aber wahrend sie dies Segel nach beobachtete, vernahm sie den Galopp eines Pferdes hinter sich. Schnell drehte sie sich um, und erblickte einen Reiter, der ihr folgte – die momentan aufsteigende Besorgnis verwandelte sich jedoch in ein Gefühl der Erleichterung, als sie die stramme Gestalt und die breiten Schultern Poindexters erkannte, der allerdings mehr denn je das Ansehen einer militärischen Vedette und weniger denn je das eines klugen, vorsichtigen Advokaten hatte.

Mit natürlicher weiblicher Koketterie ordnete Mrs. Tucker, ehe er herankam, ihr etwas in Unordnung geratenes Haar.

»Ich dachte, Sie befänden sich in jenem Boote!« rief sie ihm entgegen.

»Nein,« gab er lachend zur Antwort. »Ich war auf der Landstraße um zwei Stunden hinter Ihnen und habe vergeblich nach Ihnen ausgeschaut, bis ich Sie endlich da oben an dem abbiegenden Wege offenbar unschlüssig halten sah.«

»Aber wer kann in jenem Boote sein?« fragte Mrs. Tucker, halb in der Absicht, ihre Verlegenheit zu verbergen.

»Wahrscheinlich ein Chinese, der seine Gartenfrüchte in der Morgenfrische zu Markte fährt. Aber Sie sind bereits in Sicherheit und haben Ihren Zweck erreicht, denn Sie befinden sich auf Ihrem eigenen Grund und Boden. Vor etwa fünf Minuten haben Sie die Grenze Ihrer Besitzung überschritten – und sehen Sie! – alles, was da vor Ihnen liegt, vom Landungsplätze bis zu dem Küstengebirge hinab, ist Ihr Eigentum.«

Der halb scherzende Ton erheiterte Mrs. Tucker nicht. Sie schauerte leicht zusammen, als sie ihr Auge über diese gleichförmige, beinahe unabsehbare, nur von Gras und Seebinsen bewachsene Fläche hinschweifen ließ.

»Es sieht vielleicht nicht besonders schön aus, aber der Boden ist der fruchtbarste in ganz Kalifornien, und an dem Landungsplätze da unten wird einmal eine Stadt stehen. Sie können dieselbe ›Blaugrasville‹ nennen, – Aber Sie scheinen abgespannt und erschöpft,« fuhr Poindexter im Tone halb humoristischer Teilnahme fort.

Mrs. Tucker gab sich Mühe, eine in ihren Wimpern hängende Thräne zu verbergen.

»Sind wir bald da?« fragte sie.

»Beinahe. – Sie wissen, daß Sie nicht gerade in einen Palast kommen,« gab er mit derselben halb teilnehmenden, halb spöttischen Heiterkeit zur Antwort, »Sie finden nur die alte Casa, welche seit Jahren nicht bewohnt ist; aber ich halte es für besser, daß Sie dort wohnen, als in der Nahe der Arbeiterhütten. Kein Mensch wird eine Ahnung davon haben, wann sie von der alten Casa Besitz ergreifen, wahrend man in den Hütten die Stunde Ihrer Ankunft genau wissen würde, und, falls man Ihnen Schwierigkeiten in den Weg legen sollte –«

»Wenn man mir Schwierigkeiten in den Weg legen sollte?« fragte Mrs, Tucker, indem sie ihre offenen, ehrlichen Augen zu Poindexter erhob.

In diesem Moment machte sein Roß – allem Anschein nach ganz zufällig von den Sporen berührt – einen Seitensprung und so vergingen ein oder zwei Minuten, ehe er ihr die verlangte Erklärung geben konnte.

»Ich meinte nur, falls das einmal als Beweis angeführt werden sollte –«, sagte er. »Aber da wären wir ja angekommen.«

Was aus der Entfernung wie ein sich mitten aus der flachen Ebene erhebender grüner Hügel ausgesehen hatte, entpuppte sich jetzt in der Nähe als ein Sammelsurium von Mauern aus ungebrannten Backsteinen, das von Büschen und Schlingpflanzen überwuchert war und sich äußerlich in nichts von dem gewöhnlichen öden, verlassenen und verfallenen amerikanisch-spanischen Ansiedelungen unterschied. Die ehemaligen Spitzbogenfenster, welche sich jetzt nur noch als Löcher und Spalten in den Mauern präsentierten und mit Strauchwerk und Gras ausgefüllt und überwachsen waren, gestatteten keinen Einblick in das Innere, und erst, nachdem die Ankömmlinge einen verfallenen Corral, d. h. eine Einfriedigung für das Vieh, passier hatten, gelangten sie in den Patio, den Hof, der Casa.

Die Veranda mit ihren von der Sonne, dem Regen und dem ewigen Winde gebleichten hölzernen Säulen und Sparren, an welchen sich noch einige verwitterte Lederriemen wiegten, gab allein noch Kunde von dem ehemaligen Bewohntsein des Platzes, aber an diesen letzten Resten haftete wenigstens weder ekelerregender Schmutz noch der Moder des Verfalls. Im Gegenteil füllte ein seiner Duft von vertrockneten Kräutern die öden Mauern; nirgends zeigte sich eine Spur von Schwamm- oder Schimmelbildung und nur trockener Blütenstaub schien sich in den dunklen Winkeln angehäuft zu haben. Die Elemente hatten das Gerippe der alten Ansiedelung rein genagt und gewaschen, ehe sie es vollends zerstörten.

Ein ebenso vertrocknetes, kleines altes Weib, deren Kleidung, Gestalt und Haarfarbe sie wie einen Teil der verwitterten Trümmerstätte erscheinen ließen, raschelte aus einer niedrigen, gewölbten Eingangsthür hervor, bewillkommnete die Gäste mit schwacher, knarrender Stimme und lud sie ein, näher zu treten. Mrs. Tucker folgte ihr in die dämmerige Behausung und war erstaunt, im Inneren zwei oder drei bewohnbare Räume zu finden, welche sogar einige schwache Versuche erkennen ließen, sie behaglich einzurichten und auszuschmücken. Vor allem aber waren sie trocken und peinlich sauber gehalten – zwei Eigenschaften, welche in Mrs. Tuckers weiblichen Augen für die sonstige Aermlichkeit Ersatz boten.

»Ich konnte von San Bruno, der nächsten kleinen Stadt, nichts herüberschicken, ohne Verdacht zu erregen,« erklärte Poindexter, »aber wenn Sie es über sich gewinnen, hier einen Tag und eine Nacht zu bivouakieren, werde ich einen unserer chinesischen Freunde da draußen auf dem Kanäle beauftragen, als Rückfracht alles Notwendige für Sie mit herüber zu bringen. Wir laufen da auch keine Gefahr, verraten zu werden, denn nach den Gesetzen Kaliforniens können Chinesen und Indianer nicht Zeugnis gegen einen Weißen ablegen. Und nun lassen Sie mich Ihnen lebewohl sagen, denn ich muß das aufwärts gehende Dampfschiff noch erreichen und der Landungsplatz liegt fünf Wegstunden von hier. Morgen komme ich wieder und hoffe, Ihnen einen Plan für die Zukunft unterbreiten zu können. Das Schwerste ist vorüber,« fügte er dann in ernsterem Tone hinzu, indem er ihre Hand einen Moment in der seinigen hielt. »Lassen Sie mich aussprechen, daß Sie die Probe vortrefflich bestanden haben, Mrs. Tucker.«

In der leichten Verlegenheit, welche sich ihrer bei diesem plötzlichen Umschlagen seines Tones bemächtigte, empfand sie, daß ihr Dank sehr gemessen und kühl herauskam. Aber Poindexter unterbrach sie.

»Danken Sie mir nicht,« rief er, sofort in die frühere leichte Ironie zurückfallend. »Ich habe nur gethan, was meines Amtes ist, das heißt, ich habe Ihnen Rat erteilt. Alles übrige haben Sie selbst vollbracht und zwar wie eine wackere, mutige Frau – echtes Blaugras, möchte ich sagen. Und nun leben Sie wohl.« Damit schwang er sich auf sein Pferd, kehrte aber, als komme ihm noch ein Gedanke, nochmals um, lenkte das Roß dicht an sie heran und sagte: »Wenn ich an Ihrer Stelle wäre, würde ich in den nächsten Tagen wenig fremde Menschen sehen und mich von allen Neuigkeiten so fern zu halten suchen, wie dies einer Frau nur immer möglich ist,« Dabei lachte er wieder, warf ihr einen halb galanten, halb militärischen Gruß zu und sprengte davon. Die Frage, welche Mrs. Tucker am meisten auf dem Herzen lag, die, auf welche Weise sie sich mit ihrem Mann in Verbindung setzen könne, blieb unausgesprochen. Aber sie hatte wenigstens Poindexter gegenüber ihrem Stolze nichts vergeben.

Mrs. Tucker wendete sich zurück in das Haus, um gleichsam mechanisch die Kleinigkeiten wegzuräumen, welche sie mitgebracht hatte, sowie die wenigen vorhandenen Geräte und Möbel nach ihrem Geschmacks zu ordnen. Der gänzliche Mangel an Schränken, Kasten, Haken, ja selbst an Fensterwirbeln, die man als Haken hätte benutzen können, brachte sie bei diesem Bestreben allerdings einigermaßen in Verlegenheit, und nachdem der alten Concha gänzliche Unfähigkeit, zu erraten, was sie suchte, sie überzeugt hatte, daß alle diese Dinge in Los Cueruos unbekannt und nicht zu beschassen seien, gab sie dasselbe vorläufig auf. Ueberdies blieb ihr, da ihr mangelhaftes Spanisch kaum zur Verständigung über das Notwendigste ausreichte, selbst die Erleichterung durch ein Gespräch mit dem einzigen lebenden Wesen im Hause versagt, und sie mußte sich mit dem vertrockneten Lächeln und den verwitterten Knicksen begnügen, welche die Alte ihr wie dürre Blätter auf den Weg streute.

Am Nachmittage endlich, als das Haus in dem gleichmäßig sausenden Winde anfing, wie eine leere Muschel zu singen und zu klingen, vermochte sie die Einsamkeit des Zimmers nicht länger zu ertragen. Sie schritt über die hölzerne Veranda, durch welche der Wind pfeifend strich, und über den im blendenden Sonnenschein liegenden Patio hinaus durch das offene Thor. Aber die Aussicht, welche sich ihr bot, war nicht geeignet, ihren Mut und ihre Stimmung zu heben. Eine weite Fläche, welche sich bis zu dem fernen Küstengebirge hinzog, lag pfad- und schattenlos vor ihr und wurde auch durch die wenigen vorhandenen Gruppen von Zwergeichen nicht unterbrochen, denn aus dieser Entfernung gesehen, erschienen sie nur wie kleine moosige Bodenschwellungen, die sich kaum über die endlose Ebene erhoben. Nach der anderen Seite hin setzten die Marschen die Einförmigkeit fort und trugen sie, von nur undeutlich wahrnehmbaren Wasserstreifen durchschossen, bis zu der fernen Bai hin, welche wie eine schwache graue Linie den Horizont begrenzte. Anscheinend unbewegliche, auf den Grastriften verstreute schwarze Flecken gaben dem Namen Los Cuervos (Aaskrähenland), welchen die Besitzung trug, eine unheimliche Bedeutung, und graue Wolken von Strandläufern, die sich hier und da aus den Marschen erhoben und unter dem Winde verschwanden, waren das einzige Zeichen von Leben in der endlosen grünen Wüste. Selbst das weiße Segel von heute morgen war nicht mehr sichtbar.

Da stand sie, bis die Augen sie schmerzten und ihre in dem kalten Winde erstarrenden Glieder sie erinnerten, die Wärme des geschützt liegenden Patio zu suchen. Hier machte sie den Versuch, mit einer hell äugigen Lazerte – einem schönen gold- und blaugefleckten Tierchen, vor dem sie vielleicht zu anderen Zeiten die Flucht ergriffen hätte – Freundschaft zu schließen. Das kleine Geschöpf sonnte sich in der Veranda und seine Schönheit und Furchtlosigkeit reizten die einsame Frau, sich mit ihm bekannt zu machen. Sie streute dem Tierchen Brotkrumen hin, ohne durch diese falsch angebrachte Güte etwas anderes zu erreichen, als daß es vor Verwunderung starr und steif wurde. Mrs. Tucker fragte sich, ob es ihr hier nicht etwa gehen werde, wie jenen Gefangenen, von denen sie gelesen, daß sie in der Abgeschlossenheit ihrer Zelle irgend ein häßliches, widerwärtiges Tier liebgewonnen hätten, und empfand beinahe etwas wie Sehnsucht nach den: Mustang, der samt dein Buggy gleich nach ihrer Ankunft von einem unbekannten Manne davongeführt morden war. War sie denn nicht auch eine Gefangene? Die gitterlosen Fenster, die offenen Thüren und Thore schienen dem freilich zu widersprechen – aber die sie umgebende pfadlose Wüste hielt sie nicht weniger gefangen. Poindexter hatte ihr gesagt, daß die Ansiedelungen der Arbeiter etwa zwei Stunden von der alten Casa lägen – dorthin wollte sie gehen. Doch hatte sie ihm nicht versprochen, hier Zu bleiben, bis er wiederkam?

In tödlicher Einförmigkeit schlich der lange Tag dahin, und freudig bewillkommnete Mrs. Tucker die Nacht, welche wenigstens die trostlose Aussicht verhüllte. Aber eines dauerte fort. Der schreckliche Wind, welcher ihre Nerven aufregte und dessen eintöniges Sausen ihr unbeschreibliche Qualen verursachte, blies weiter. Als sie endlich vor Erschöpfung dennoch einschlief, wehte er um ihr Kopfkissen, schien sie voll Ungeduld aufzufordern, ihm zu folgen, und brachte ihr fieberhafte Träume von Spencer, den sie müde und mit wunden Füßen unter seinen unbarmherzigen Flügelschlägen und seinem klagendem Geheul dahinwanken sah. Sie wollte dem Geliebten zu Hilfe kommen, aber als sie ihn erreicht hatte und ihre Arme nach ihm ausbreitete, trieb der Sturm sie mitleidslos an ihm vorüber und weiter – immer weiter, während Spencer verzweiflungsvoll hinter ihr zurückblieb.

Der helle Tag schien bereits in die Fenster, als Mrs. Tucker erwachte. Der gewöhnliche nächtliche Gewitterguß der Regenzeit hatte weder an dem glänzenden Himmel noch auf den grünen Triften eine Spur Hinterlassen-, die warme Morgensonne hatte den Patio bereits wieder getrocknet – nur der unablässig sausende Wind war noch derselbe.

Mrs. Tucker erhob sich mit einem festen Entschlüsse. Sie hatte gestern abend von der alten Concha erfahren, daß sich in der Nähe der Arbeiterniederlassung auch eine Tienda, ein Kramladen für die Viehtreiber und Hirten des Rancho befand, und da sie notwendig einige Kleinigkeiten brauchte, wollte sie dies als Vorwand benutzen, um sich dorthin zu begeben und sich eine Weile da aufzuhalten. Sie war sicher, niemand zu treffen, der sie kannte, aber selbst wenn es der Fall sein sollte, schien ihr dies noch immer einem weiteren in so peinlicher Ungewißheit hingebrachten Tage vorzuziehen.

Als sie das Haus Zerließ, schien der Wind sie zu packen und fortzuführen, gerade so, wie sie es im Traume erlebt. Schon nach wenigen Augenblicken waren die niedrigen Mauern der Casa hinter ihr wie in die Erde versunken und sie befand sich mit dem Winde allein auf der im scharfen Sonnenlicht glitzernden Ebene. Einige Krähen segelten mit schräg gestellten Flügeln vor ihr im Winde dahin und von den Marschen her ließ sich das Geschrei der Kibitze vernehmen.

So mochte sie, durch die Morgenluft und den Sonnenschein belebt, wohl eine Stunde gegangen sein, als sie der Gruppe von Zwergeichen, die ihr Ziel bildeten, nahe genug gekommen war, um zwei schuppenartige Gebäude zu erkennen, von welchen das eine mit einem Vorbau versehen war, unter dem mehrere Kisten und Fässer standen. Näher kommend, bemerkte sie im Schatten der Bäume zwei oder drei Reitpferds, deren Besitzer auf dem Rande eines Tränktroges saßen. Ueber der offenen Thür stand, mit plumpen Buchstaben auf ein Brett gemalt, das Wort: »Tienda«, welches seine weitere Erklärung durch die an der Thür und an den Fenstern aufgestapelten Waren empfing.

Mrs. Tucker war an die Aermlichkeit und Schmucklosigkeit der Grenzarchitektur gewöhnt, aber neben diesen scharfeckigen, unangestrichenen, roh aufgeführten Schuppen schienen ihr die zerbröckelnden Mauern der alten Hacienda, welche ihr gegenwärtig ein Obdach bot, schön und malerisch. Einer der Reiter, welcher eben etwas aus einer Zeitung vorlas, ließ das Blatt bei ihrer Annäherung sinken und starrte sie an. Ihre Erscheinung rief offenbar eine ungewöhnliche Bewegung in dem Schuppen hervor und als sie atemlos und mit klopfendem Herzen den Vorbau betrat, fühlte sie ein Dutzend verwunderter Augen auf sich gerichtet. Ihr leicht verletzter Stolz empörte sich gegen diese« Musterung und ihr gewöhnlich gleichgültiger, nachlässiger Ton nahm einen noch kühleren Klang an, als sie sich auf den Ladentisch lehnte und die gewünschten Artikel verlangte.

Nur ein tiefes Schweigen gab ihr Antwort und Mrs. Tucker wiederholte ihr Begehren in etwas schärferer Weise.

»Schätze, Sie wollen sich nicht den Anschein geben, als wüßten Sie nicht, daß der Laden hier vom Sheriff mit Beschlag belegt ist,« sagte einer der Männer.

Mrs. Tucker beachtete die Rede nicht.

»Na, ich wüßte nicht, wem das besser bekannt sein sollte, als Spence Tuckers Frau!« rief ein anderer der Männer mit rauhem Lachen, in das die übrigen einstimmten.

Mrs. Tucker sah jetzt, in welche Lage sie sich gebracht hatte, ließ sich aber nicht einschüchtern.

»Ist denn niemand zur Bedienung der Käufer hier?« fragte sie, indem sie ihre klaren Augen voll auf die Umstehenden richtete.

»Da müssen Sie den Sheriff fragen; er war der letzte, den man hier bediente,« gab der Spaßmacher, der sich in jeder kalifornischen Gesellschaft befindet, zur Antwort.

»Ist der Sheriff hier?« fragt«: Mrs. Tucker weiter, ohne das neue Gelächter zu beachten, welches dieser seine Witz hervorrief.

Die, welche in der Thür lehnten, machten für einen Mann aus ihrer Mitte Platz, welcher halb gezogen, halb geschoben in den Laden stolperte.

»Da ist er!« riefen ein halbes Dutzend Stimmen, offenbar in der Erwartung, daß die Gegenwart dieser Persönlichkeit Veranlassung zu einem neuen Spaße geben würde.

Der Mann sah Mrs. Tucker mit bittendem Blicke an.

»Es ist so, Madame,« sagte er dann, »Dieser Laden hier ist mit Beschlag belegt. Aber wenn Sie irgend was brauchen – na, nicht wahr, Bursche,« wandte er sich in befürwortendem Tone an die Umstehenden – »nicht wahr, dann werden wir gegen 'ne Dame nicht ungefällig sein?«

Von der Hinterthür des Ladens her ließ sich ein unwilliges Murmeln, ein Einspruch gegen den Vorschlag vernehmen; aber der größte Teil der Männer gab, vielleicht durch Mrs. Tuckers Schönheit bestrickt, seine Einwilligung.

»Nur,« fuhr der Beamte erklärend fort, »da diese Waren im Auftrage der Gläubiger mit Beschlag belegt sind, müßten Sie den Wert an Geld dafür einlegen, und wenn Sie vielleicht geglaubt haben sollten, Sie könnten die Sachen auf Rechnung nehmen –«

»Aber ich will ja bezahlen, was ich kaufe!« rief Mrs. Tucker, indem eine dunkle Zornesröte in ihrem Gesicht aufstieg. »Ich habe das Geld dazu hier.«

»Das glaube ich wohl!« rief die Stimme, welche vorhin schon von der Hinterthür her protestiert hatte, und ihre Eigentümerin, eine wütende, aufgeregte Frau, drängte sich in den Laden. »Das glaube ich wohl, daß Sie Geld haben! Seht sie nur 'mal an, ihr Männer! Beseht euch nur die Frau des Diebes, des Betrügers! Sie hat natürlich Geld in der Tasche, trägt Diamanten in den Ohren und Ringe an den Fingern. Sie hat natürlich Geld, aber wir haben keins. Sie kann kaufen, was ihr Herze begehrt – wir besitzen keinen Cent, um das Bett wieder zu erstehen, das man uns unterm Leibe weggestohlen hat. Ja, kaufen Sie nur ein, Mrs. Spencer Tucker! Kaufen Sie den ganzen Laden aus, Mrs. Spencer Tucker! Hören Sie? Und wenn Sie daran noch nicht genug haben sollten, so können Sie auch meine Kleider laufen und meinen Trauring, das einzige, was uns Ihr sauberer Mann gelassen hat.«

»Ich verstehe Sie nicht,« gab Mrs. Tucker kalt zur Antwort und wendete sich der Thür zu; aber ihre Gegnerin hatte mit einem Satze den Ladentisch übersprungen und stand zwischen ihr und dem Ausgange.

»Sie verstehen mich nicht!« rief sie. »Vielleicht verstehen Sie auch nicht, daß Ihr Mann diese Männer hier nicht nur um den Ertrag ihrer sauren Arbeit betrogen hat, sondern auch um die Sparpfennige, die sie mit hierher brachten und seinen diebischen Händen anvertrauten. Vielleicht missen Sie gar nicht, daß Ihr Mann meinen Mann um sein bißchen mühsam Erspartes gebracht und ihm dafür die Waren, die Sie jetzt laufen wollen, verpfändet hat, und daß er ein verführter Dieb, ein Fälscher und feiger Ausreißer ist! Und wenn Sie noch immer nicht verstehen sollten, was ich sage, so können Sie's ja in den Zeitungen lesen. Da sehen Sie!« rief das Weib, indem sie das Blatt ergriff, aus dem der Sheriff vorhin den anderen Männern vorgelesen hatte, und auf den Hauptartikel deutete. »Da steht's: ›Fälschung, Schwindel, Unterschleif und Diebstahl‹. Sehen Sie? Und wenn Sie das auch noch nicht verstehen, so hören Sie weiter was da steht: ›Ehrlose Flucht – sein Weib im Stiche gelassen, um mit einer berüchtigten –‹«

»Halt, altes Mädchen, halt. Wirst du schweigen? Nicht 'n Wort mehr!«

Zu spät! Der Sheriff riß der Frau das Zeitungsblatt aus der Hand – aber Mrs. Tucker hatte die Stelle, auf welche jene hindeutete, bereits gelesen. Es war nur eine einzige Zeile – eine Zeile, wie sie ihr bei der gleichgültigen Durchsicht der Tagesneuigkeiten oft genug in die Augen gefallen war und sie mit Verachtung erfüllt hatte. Eheliche Untreue! Sie hatte sich immer gewundert, wie es solche Männer und solche Frauen geben könne, und nun –!

Die Mrs. Tucker umdrängende Menge wich zurück und selbst das wütende Weib verstummte, als sie ihr ins Antlitz sah. Das Gesicht des Spaßvogels war so bleich, wenn auch nicht so steinern

unbeweglich wie das der verlassenen Frau, als er halblaut hervor-
stieß: »Jesus Christus, Sie hat wirklich nichts davon gewußt.«

Die Versammlung begriff sofort die ganze furchtbare Tragweite
dieser Vermutung und das erregte Gefühl machte die Leute für
einen Augenblick hellsehend. Die Wahrheit enthüllte sich ihnen
wenigstens zum Teil und in einem jener seltsamen Umschläge der
menschlichen Leidenschaft erwarteten sie nur ein ihr Mitleid anru-
fendes oder erklärendes Wort von den Lippen der bleichen Frau,
um sich ihr mit Leib und Seele zur Verfügung zu stellen. Sie hätte
nur einfach die Vorgänge der letzten Tage zu erzählen brauchen,
um Glauben zu finden und Thronen, Klagen und Krämpfe hätten
ihr das volle Mitgefühl zugewendet. Aber von alledem that sie
nichts und geschah nichts. Vielleicht dachte und sah Bell Tucker
sogar eine Weile nichts.

Dann faßte sie sich und schritt stolz und aufrecht nach der Thür.
Auf der Schwelle drehte sie sich um.

»Ich wiederhole, daß ich Sie nicht verstehe,« sagte sie zu der Frau
gewendet anscheinend ruhig, »Aber wenn irgend jemand berechtig-
te Forderungen an Mr. Tucker haben sollte, so werde ich sie bezahlen, oder sein Anwalt, Kapitän Poindexter, wird sie begleichen.«

Damit hatte Mrs. Tucker das Mitgefühl der Zuhörer verscherzt,
aber nicht ihre Achtung, Man machte ihr mit einer gewissen verbis-
senen Höflichkeit Platz, um sie in den Vorbau hinaustreten zu lassen – nur die Frau brach bei den letzten Worten in ein spöttisches
Lachen aus.

»Na, was den Kapitän Poindexter betrifft – so wird der vielleicht
Ihre Rechnungen bezahlen, aber mit den Schulden Ihres Mannes –«

»Ist das eine andere Sache,« fiel hier eine wohlbekannte Stimme
im wohlwollendsten Tone ein. »Das wollten Sie doch eben sagen,
Mrs, Patterson, und Sie haben nie ein wahreres Wort gesprochen,«
fuhr Poindexter fort, indem er aus seinem Buggy sprang, »Einen
Augenblick, Mrs. Tucker. Kommen Sie, benutzen Sie meinen Buggy,
um nach der Hacienda zurückzukehren. Um mich machen Sie sich
keine Sorge, Ich lasse mir ein Pferd von dem Sheriff geben – bin hier
bekannt und wie zu Hause. Kommt 'mal mit, Patterson; nur um ein
paar Schritte, damit uns Eure Frau nicht hört. So, das genügt. Ihr

habt eine Forderung von fünftausend Dollar an die Besitzung hier –
war's nicht so?«

»Ja.«

»Gut. Nun hört: Auf der Frau, die dort hinfährt, beruht Eure einzige Hoffnung, je einen Cent von Eurem Gelde wiederzusehen. Wenn Eure Frau jene Frau aber noch ein einziges Mal beleidigt, so ist diese Aussicht verloren – und wenn Ihr selbst Euch unterstehen solltet –«

»Was dann?«

»So schwöre ich Euch, so wahr ein Gott in Israel lebt und es einen obersten Gerichtshof in Kalifornien gibt, bringe ich Euch in Euren Schuhen um! ... Halt, hört mich weiter!«

Patterson blieb stehen. Der unverkennbare Ausdruck einer gewissen humoristischen Duldsamkeit gegenüber menschlichen Schwächen hatte Poindexters schwarzen Augen einen verräterischen feuchten Glanz verliehen als er fortfuhr: »Und wenn Ihr es für klug und rätlich haltet, Eurem Weibe die Aussicht auf eine glückliche Witwenschaft, die ich ihr da eben eröffnet habe, mitzuteilen, so könnt Ihr's thun. Ich habe nichts dagegen.«

Drittes Kapitel.

Mr. Patterson unterrichtete nun zwar seine Frau nicht von der ihn persönlich betreffenden Drohung, aber nachdem Poindexter fort war, trug er Sorge, ihr begreiflich zu machen, daß Mrs. Tucker eine Macht sei, die man zu schonen und vielleicht zu fürchten hatte.

»Du hast deiner Zunge 'ne Güte gethan, und gleichviel, ob du ins Schwarze getroffen hast oder nich, du hast dein Recht gehabt,« sagte er. »Aber nu halte hübsch dein Schnattermaul, wenn du nich etwa der Meinung bist, daß dein Reden mehr wert wäre, als die fünftausend Dollar mitsamt den Zinsen.«

»Du glaubst doch nich, daß die je 'was haben wird, als was Mr. Poindexter, der ihr Schatz zu sein scheint, hergibt?« fragte Mrs. Patterson verächtlich.

»Wie der Sheriff mir sagt, so is ihm bereits die Anzeige zugegangen, daß Mr. Tucker seiner Frau vor drei Jahren den Rancho geschenkt hat, und daß sie sich im Besitz befindet und schon im Besitz war, als der Bankerott ausbrach,« entgegnete Mr. Patterson melancholisch. »Uebrigens kann's mir ganz egal sein, wer die Trümpfe jetzo in der Hand hat, wenn ich sie nich habe,« fuhr er mit einer Art düsterer Philosophie fort. »Alles was ich wollte, is nur, daß Sven« Tucker mir 'n Wort gesagt hätte, ehe er durch die Lappen ging.«

»Wärst wohl gern mit 'm gegangen?« rief seine Ehehälfte ärgerlich.

»Schätze, 's könnte so sein,« entgegnete Patterson einfach.

Er kam im Laufe des Tages noch einigemal in mehr oder weniger direkter Weise auf diesen Mangel an Vertrauen seitens seines Schuldners zurück und derselbe schien ihm mehr zu Herzen zu gehen, als der Verlust seines Vermögens. Er sprach dies Gefühl ganz offen gegen den Sheriff aus, als die beiden sich am Abend bei einem Glas Whiskey und einem Spielchen über die Schwierigkeiten der augenblicklichen Lage hinwegzuhelfen suchten, und brütete noch darüber, nachdem er, als sie sich für die Nacht trennten, dem Sheriff die Schlüssel zu dem Laden übergeben hatte. Er konnte sich auch von dem Gedanken noch nicht losmachen, nachdem alles im

Hause bereits zu Bett gegangen war, und er sich nochmals hinaus begab, um einen Krug frischen Wassers vom Brunnen zu holen. Als Patterson dies that, wurde der Mond schon hin und wieder von fliegenden Wolken, den Vorboten der allnächtlichen Regenschauer, verhüllt. In dem Augenblicke war es ganz finster, und der melancholische Mann beugte sich eben nach dem Wasser hinab, als er plötzlich wieder auf die Füße sprang.

»Wer ist da?« fragte er mit scharfer Betonung.

»Still!« flüsterte eine Stimme so leise und heimlich, daß man es für ein Lispeln des Windes durch die Pallisaden der Viehhürde hatte halten können – aber so wenig vernehmlich die Stimme auch zu ihm drang, Patterson hatte sie doch als die eines Mannes erkannt, den er bereits in weiter Ferne glaubte, und fühlte, wie eine gemischte Empfindung von Schrecken und Freude durch seine Adern rieselte.

Vorsichtig blickte er sich um. Der Mond verbarg sich noch immer hinter der eben vorüberziehenden Wolke und nur die Umrisse des Hauses, das Patterson eben verlassen, waren in der Dunkelheit sichtbar.

»Seid Ihr's, Spence?« fragte er mit bebender Stimme.

»Ja,« entgegnete die Stimme, wahrend sich eine dunkle Gestalt aus einem Winkel des Corrals ablöste.

»Um Gottes willen, redet leise!« flüsterte Patterson, indem er sich der Gestalt näherte. »Der Sheriff ist im Hause!«

»Aber ich muß Euch einen Augenblick sprechen,« sagte die Gestalt.

»Wartet 'n bißchen,« flüsterte Patterson zurück. Dann musterte er noch einmal das Haus, dessen ladenlose Fenster indessen kein Licht mehr im Inneren wahrnehmen ließen. »Kommt schnell!« fuhr er dann, noch immer im leisen Flüstertone fort, indem er die widerstandslose Hand des Fremden ergriff und ihn im Schatten der Mauer hin, durch die offene Hausthür in die leere Schenkstube zog. Darauf verriegelte er die Thür von innen, schenkte ein Glas voll Whiskey, schob es dem Fremden hin und sah zu, wie dieser es auf einen Zug leerte. Der Mond kam eben wieder zum Vorschein; sein

Licht siel durch das gardinenlose Fenster auf das Gesicht des Fremden und ließ den jetzt etwas in Unordnung geratenen Lockenbau und den weichen Schnurrbart des flüchtigen Spencer Tucker erkennen.

Welcher Art der Einfluß dieses Mannes auf seine Mitmenschen gewesen sein mochte, das Urteil über ihn war ein ziemlich übereinstimmendes und fand seinen Ausdruck durch Patterson, der, nachdem er den Gast mit halb unbehaglichem halb freundlichem Lächeln betrachtet hatte, fast unwillkürlich in die Worte ausbrach: »Seid doch 'n verfluchter Kerl, Spence!«

Spencer Tucker fuhr sich mit der Hand durch das Haar und strich es mit etwas theatralischer Bewegung von der Stirn zurück.

»Ich bin ein Mensch, auf dessen Habhaftwerdung man einen Preis gesetzt hat!« sagte er bitter. »Wenn Ihr mich dem Sheriff ausliefert, verdient Ihr fünftausend Dollar; wenn Ihr mir durchhelft, habt Ihr nicht das Geringste davon – und ich fürchte, Ihr werdet das Glück, das Euch in den Schoß fällt, nicht 'mal zu benutzen wissen.«

»Schatze, Ihr könnt recht haben,« gab Patterson mit seiner gewöhnlichen Melancholie zur Antwort. »Aber ich dachte, Ihr wäret längst über alle Berge – hättet 'n gerade auslaufendes Schiff benutzt –«

»Das heißt, ich fuhr in 'nem Boote hinaus nach dem Schiffe,« unterbrach ihn Tucker mit verhaltener Wut. »Nach dem Schiffe, das bereits all mein Hab und Gut am Bord hatte. Das verd– Boot kenterte draußen in der scharfen Nu und das Schiff segelte davon. Man hatte von dort aus den Unfall mit angesehen, dachte wahrscheinlich, ich sei ertrunken, und befrachtete mein Gepäck als gute Beute. Schätze so.«

»Aber die Dirne – die Inez – die doch schon auf dem Schiffe war – machte denn die keinen Spektakel?«

» *Quien sabe?* Wer weiß es?« gab Tucker mit unbekümmertem Lachen zur Antwort. »Ich klammerte mich, wie man in der Todesangst thut, mit der Kraft der Verzweiflung an den Kiel des Bootes und hielt mich über Wasser, bis ich von einem chinesischen Fischer, gegenüber von Sancelito herausgeangelt wurde. Ich mietete dann den Mann und seinen Seelentränker, um mich hierher zu bringen.«

»Und warum gerade hierher?« fragte Patterson mit anscheinender Vorsicht, hinter welcher sich die innerliche Befriedigung nur schlecht verbarg.

»Ihr habt recht, so zu fragen,« entgegnete Tucker mit ebenso unechter Bitterkeit, indem er Patterson mit einer leichten Handbewegung zur Seite schob, »Aber ich dachte, ich dürfte mich wohl 'nem weißen Manne anvertrauen, gegen den ich immer gut gewesen bin, und der in gleichem Falle auch auf mich hätte rechnen können. Nein, nein, laßt mich nur gehen oder überliefert mich dem Sheriff.«

Patterson hatte die beiden Hände des hübschen Taugenichts, der ihn zu Grunde gerichtet, mit einer Wärme ergriffen, welche selbst diesen einen Augenblick beschämte. Aber schon im nächsten Moment flüsterten Eitelkeit und Selbstsucht ihm zu, daß diese Anhänglichkeit ja nur ein seiner höheren Natur dargebrachter Tribut sei. Er fühlte sich geschmeichelt und sing wirklich an zu glauben, daß es an ihm sei, sich zu beklagen.

»Was ich habe und was ich hatte, gehört Euch, Spence,« gab Patterson mit so einfacher und ruhiger Bestimmtheit zur Antwort, daß jede weitere Erörterung nur eine weitere Beleidigung gewesen wäre, »Ich wollte nur wissen, was Ihr hier zu thun gedenkt.«

»Ich möchte über das Küstengebirge hinüber nach Monieren gehen,« sagte Tucker. »Von dort wird mich einer der Küstenfahrer hinunter nach Acapulco bringen, wo mein Schiff anlegt.«

Patterson schwieg einen Augenblick.

»Ich habe da im Corral 'nen Mustang,« sagte er endlich. »Dessen könnt Ihr Euch leicht bemächtigen und ich brauche erst morgen nachmittag zu bemerken, daß er fort is. In 'ner Stunde,« setzte er hinzu, indem er aus dem Fenster nach dem Himmel blickte, »in 'ner Stunde werden sich die Wolken vollends zusammengezogen haben und 's wird regnen, 's bleibt hell genug, um Euch auf dem gewöhnlichen Wege über die Berge zurecht zu finden, doch aber nicht so hell, daß man Euch leicht erkennen sollte. Seid Ihr nicht imstande, die ganze Tour auf 'nmal zurückzulegen, so kehrt in der Posada oben auf dem Kamme ein. Die mexikanischen Rothäute, welche die Schenke halten, kennen Euch nicht, und selbst wenn sie Euch erkennen sollten, würden sie Euch schwerlich 'was anhaben. Könnten's ja kaum, denn gesetzten Falls sie hätten Lust, Euch zu verraten – wer würde ihnen Glauben schenken? 's is kurios,« fügte er in seiner etwas nebelhaften Weltweisheit hinzu, »ganz kurios; schätze indessen, 's is gerade darum, daß der liebe Gott diese braunen Biester – doch nur so 'ne Art Viehzeug – zwischen den weißen Menschen leben läßt, die er nach seinem Ebenbild« gemacht hat. – Aber wollt Ihr nicht 'nen Bissen essen?« unterbrach er sich in diesen allgemeinen Betrachtungen, indem er die Hälfte einer ungeheuren flachen Kürbispastete hinter dem Schenktische hervorholte.

Spencer ergriff mit der einen Hand das dargereichte Stück, mit der anderen die rauhe Faust seines Gastfreundes und blieb im gierigen Genuß der Speise, wie von seinen Gefühlen überwältigt, einige Augenblicke stumm.

»Ihr seid ein ganzer Kerl, ein echter weißer Mann, Patterson,« gab er endlich zur Antwort. »Ich nehme Euer Pferd an, und werde Euch den Posten buchen und gut schreiben. Sobald diese verfluchte Geschichte vorüber ist, komme ich wieder, und helfe Euch aus der Patsche-, darauf könnt Ihr Euch fest verlassen. Ich vergesse meine Freunde nicht, auch wenn es mir noch so schlecht geht.«

»Das sehe ich,« erwiderte Patterson mit einer Ehrlichkeit und Einfachheit, welche dieser Antwort, ihm selbst wohl am wenigsten bewußt, den Anklang der bittersten Ironie gaben. »Ich sagte 's vorhin noch zum Sheriff, daß Ihr sicherlich nicht davongegangen wäret, ohne 's mir zu sagen, wenn ich Euch in irgend 'ner Art hätte von Nutzen sein können,« Und ohne Tuckers etwas unbehaglichen Blick zu bemerken, fuhr ei fort: »Kann ich Euch sonst noch mit 'was dienen, Spence? Aber ich sehe,« setzte er hinzu, als er bemerkte, daß sein Freund und Patron in groben aber neuen Kleidern steckte, »ich sehe, Ihr habt schon anderes Geschirr aufgelegt.«

»Ja, der Chinese hat das für mich unten am Landungsplätze gekauft,« entgegnete Tucker. »Freilich passen die Sachen nicht besonders und haben weder Stil noch Schick; aber was schadet's am Ende,« fuhr er fort, indem er versuchte, im Mondschein einen Blick in den Spiegel hinter dem Schenktische zu thun. Dann füllte er sein Glas nochmals mit Whiskey, lehnte sich selbstgefällig in den Stuhl zurück und setzte leichtfertig und munter hinzu: »Junge Weibsbilder gibt's doch nicht hier in der Nähe.«

»Nein, außer Eurer eigenen Frau, die heute hier war, wüßte ich keine,« gab Patterson nachdenklich zur Antwort.

Mr. Tucker, der eben von seiner Pastete abbeißen wollte, hielt einen Augenblick inne.

»Uh, richtig!« lief er dann, indem er ein sorgloses Lachen versuchte, dessen unechter Klang aber vor Pattersons melancholischer Miene nicht standhielt, und etwas ernster, wenn auch unter dem Anscheine, als bequeme er sich nur der Stimmung seines Freundes an, fuhr der leichtsinnige junge Mann fort: »Habt Ihr mir darüber noch was weiteres zu sagen?«

»Nichts, als daß Mr. Poindexter mit ihr hier war. Er hat sie nach der Hacienda gebracht, um dieselbe in Besitz zu nehmen, ehe noch die Geschichte ruchbar wurde.«

»Unmöglich!« rief Tucker aufspringend. »Ich glaube nicht – das heißt –« zögernd hielt er inne.

»Ihr meint wahrscheinlich, die Gläubiger würden den Rancho mit Beschlag belegen,« gab Patterson zur Antwort, während er die Augen auf den Fußboden richtete. »Das können sie aber nich, solange Mrs. Tucker fest d'rauf sitzen bleibt, gleichviel ob die Hacienda wirklich ihr Eigentum is, oder ob sie nur für Mr. Poindexter dort haushält. Sie sind 'ne gutes Gespann, und wenn sie richtig zusammen anziehen, kommen sie durch.«

Das Lächeln war langsam von Mr. Tuckers Gesicht verschwunden und jetzt sah er im blassen Mondlicht beinahe steinern aus. Er setzte sein Glas auf den Tisch und trat ans Fenster, während Patterson in seiner düsteren Weise fortfuhr: »Aber das geht Euch eigentlich nichts mehr an. Ihr seid den beiden zuvorgekommen und habt Eure Rache genommen dadurch, daß Ihr mit dem Frauenzimmer, der Inez, 's Weite gesucht habt. Ich hab's immer gesagt, wenn die Leute – besonders was die Weibsleute waren – sich wunderten, daß Ihr 'ne Frau, wie Eure Frau, im Stiche lassen könntet, um Euch an 'ne solche Vettel zu hängen, da habe ich immer gesagt, das würde schon seine Gründe haben. Und als nu Eure Frau mit Poindexter hier angeflitzt kam, eh'r daß sie Euch noch ganz los war, da wird ihnen, schätz' ich, wohl die Geschichte klar geworden sein. Nein, Spence, ich wußte wohl, daß Ihr Euch aus jenem Frauenzimmer nichts macht, und daß es nich um ihretwillen geschah. Und wenn ich's noch nich gewußt hätte, so würde ich's vorhin weggekriegt haben, als Ihr mir so schlankhin erzählt hattet, daß sie mit dem Schiffe fortgesegelt wäre, und Euch hernach Eure Pastete und Euren Whiskey so gut schmecken ließt. Da habt Ihr meine Hand, Spence! Ihr seid so 'n bißchen'n Hanswurst, aber doch 'n ganzer Kerl! Na was is denn nu wieder los?«

So oberflächlich und selbstsüchtig Tucker auch sein mochte, so waren Pattersons Worte doch gleich einem Blitze in seine Seele gefallen und hatten ihn tief erregt – ebenso tief vielleicht, wie sie einen besseren Mann nur hatten erregen können. Hatte er früher, in seiner maßlosen Eitelkeit und Oberflächlichkeit, die Liebe und Treue seiner Frau hauptsächlich auf Rechnung seiner Erfolge und der daraus entspringenden allgemeinen Beliebtheit gesetzt, so machten ihn dieselben Eigenschaften jetzt, da all der Glanz von ihm abgefallen war, dem niedrigsten Verdachte zugänglich. Er war ein entehrter Flüchtling, sein guter Name wie sein Vermögen waren verloren – warum sollte sie ihn nicht verlassen? Er war ihr aus Uebermut, aus Laune untreu gewesen – war es nun nicht ganz natürlich, daß sie aus Berechnung und zu ihrem wohlerwogenen Vorteil treulos wurde? Er vertiefte sich sogar mit einer Art von Schwelgerei in den Gedanken, denn lag hier nicht wirklich Grund genug zu der Befürchtung vor, daß er eine große und schöne Liebe verloren hatte, und mußte ihn das nicht vollends elend machen? Außerdem fand der Komödiant in ihm hier seine volle Rechnung, und so erwiderte er den Händedruck seines Freundes mit krampfhafter Innigkeit und lehnte seine Stirn an dessen Schulter, wobei er mit Befriedigung den tiefen Eindruck empfand, welchen sein Unglück auf den ihm mit hündischer Treue und Anhänglichkeit ergebenen Patterson hervorbrachte. Es war ihm ein Genuß, seine Trauer vor dem teilnehmenden, melancholischem Manne zur Schau zu stellen.

Plötzlich richtete er sich auf, trat einige Schritte zurück und verbarg seine Hand mit theatralischer Gebärde im Busen.

»Was hält mich ab, Poindexter auf der Stelle umzubringen!« schrie er wütend.

»Nichts, als daß er Euch vorher totschießen würde,« entgegnete Patterson. »Er is, wie alle alten Soldaten, verflucht hitzig und mit 'ner Kugel schnell bei der Hand. Schätze, 's hätte nich viel gefehlt, so hätte er heute mich übern Haufen geschossen.«

»Mischt Euch nicht ein, Patterson, es ist nicht Eure Sache,« sagte Tucker, indem er noch einmal die Hand des Freundes ergriff und drückte. »Ueberlaßt den Burschen mir. Ich werde ihn zu finden wissen, wenn ich zurückkomme. Spart ihn für mich auf.«

»Wenn er mich nur aufspart,« gab Patterson düster zur Antwort, »Schätze, er würde keine großen Umstände mit mir machen. Scheint 'n paar kleine Bemerkungen über Eure Frau so übelgenommen zu haben, als ob sie 'ne Königin oder 'n Engel wäre.«

Spencer wurde rot und wandte sich verlegen nach dem Fenster, »Es wird jetzt finster genug sein, um mich auf den Weg zu machen,« sagte er ablenkend. »Wenn ich ohne Aufenthalt über die Berge kommen könnte, hätte ich einen ganzen Tag gewonnen.«

Patterson stand auf, ohne ein Wort zu sagen, füllte eine kleine Flasche mit Branntwein, reichte sie dem Freunde und führte ihn dann stumm hinaus in den sanften Regen und die Finsternis. Der Mustang war schnell angefangen und gesattelt, und ein großer, dicker Poncho – einer jener mexikanischen Mäntel, welche man aus wollenen Decken dadurch herstellt, daß man in der Mitte ein Loch zum Durchstecken des Kopfes einschneidet, schützte Tucker sowohl vor dem Regen, wie vor der Gefahr erkannt zu werden. Er schüttelte Patterson nochmals die Hand, nahm mit einigen eiligen, abgerissenen Worten und mit zerstreuter Miene Abschied von ihm und verließ vorsichtig den Corral. Sobald er außer der Gehörweite des Hauses war, gab er seinem Pferde die Sporen und jagte im Galopp davon.

Um den Bergpfad zu erreichen, mußte er an einer Stelle die Straße, welche seine Frau heute morgen gegangen war, kreuzen, und in der Entfernung von etwa einer halben Stunde an der Casa vorüberreiten, unter deren Dache sie jetzt weilte. Aber schon, lange ehe er diesen Punkt erreichte, hielt er die Augen nach der Gegend gerichtet, um wo möglich eine Spur der ihm wohlbekannten Stätte zu erblicken. Ei hatte sich bereits an die gleichmäßige Dunkelheit gewöhnt, welche Augentäuschungen weniger begünstigt, als der Wechsel von Licht und Schatten unter den ziehenden Wolken, ja selbst als heller Mondenschein, und glaubte wirklich die niedrigen

Dächer und Mauern über die einförmige Fläche emporragen zu sehen. Einer jener Impulse, welche bei seinem Charakter so oft an die Stelle überlegter Entschlüsse traten, bestimmte ihn plötzlich, von seinem Wege abzuweichen und sich der Hacienda zu nähern. Warum er es that, hätte er sich selber schwerlich zu erklären vermocht. Er handelte weder unter dem Einflüsse eines eifersüchtigen Verdachtes, noch von Rachegelüsten getrieben – diese Empfindungen waren nur Schaugerichte für Patterson gewesen – und ebensowenig entsprang sein Thun etwa einem in seinem Herzen schlummernden zärtlichen Gefühle für die Frau, die er so schändlich verlassen. Im Gegenteil, er würde jetzt einem Zusammentreffen mit ihr vorsichtig aus dem Wege gegangen sein. Wahrscheinlich war ihm der leitende Grund selbst vollkommen unklar; er folgte nur einem unbestimmten Drange zu einem ebenso unbestimmten Ziele, oder handelte auch nur in dem instinktiven Bedürfnisse, gewissen Gedanken zu entfliehen, welche ihm unbequem waren, die er aber doch nicht so ohne weiteres abzuschütteln vermochte. Genug, er gab einem Zuge nach, den man, da jeder denkbare menschliche Grund dafür fehlte, vielleicht um seiner Folgen willen, als eine Fügung des Schicksals, als ein Verhängnis, hatte bezeichnen können.

Tucker verließ die Straße an einer ihm wohlbekannten Stelle, wo Marsch- und Wiesenland zusammenstießen und in deren Nähe ihn tags vorher der Chinese ausgesetzt. Er hatte von dem Platze aus, wo er, in den Binsen versteckt, den Anbruch der Nacht abgewartet, die Mauern der Hacienda deutlich gesehen und wußte jetzt, daß die Gestalten in der Nähe der Gebäude, welche ihn bei seinem ersten Landungsversuche zurückgescheucht hatten, seine Frau und sein Freund gewesen sein mußten. Er glaubte sich zu erinnern, daß zwischen ihm und der Hacienda ein langer Wassergraben, eine Art Lagune lag, welche längs der Marschen hinlief und sich bei steigender Flut mit Seewasser füllte, und bald belehrte ihn das Einsinken der Hufe seines Pferdes in den schlammigen Boden, daß ihn sein Gedächtnis nicht getäuscht hatte. Um dem zähen Elemente auszuweichen, ließ er sein Tier einen kleinen Bogen nach rechts beschreiben, und plötzlich erblickte er in der Ferne ein Licht, das anfänglich zitternd auf und ab flackerte, dann aber mit ruhiger Stetigkeit zu ihm herüberleuchtete.

Das war ohne Zweifel ein Licht in der Hacienda. Halb mechanisch lenkte er seinen Mustang nach dieser Richtung, und obwohl hier und da das mit der Flut herübertretende Seewasser unter den Hufen des Pferdes aufspritzte, erwies sich doch der Boden, seiner Meinung nach, fest und zuverlässig genug. Die Augen stetig auf das Licht geheftet, ritt er vorwärts. Der Regen begann schwächer zu werden, die Wolken fingen an zu brechen, die Finsternis erhellte sich von Zeit zu Zeit ein wenig und dann wurden die zerbröckelnden Mauern der Hacienda deutlicher sichtbar.

Tucker fand eine eigentümliche, träumerische Ähnlichkeit zwischen dieser Gegend und den langgestreckten Triften des Blaugraslandes, über die er, während er seiner Frau den Hof machte, so häufig in den Abend- und Nachtstunden geritten war. Er dachte daran, wie sie, um ihn von ihrem Daheimsein zu unterrichten, gewöhnlich ein Licht ins Fenster gestellt hatte – und während er sich diesen Erinnerungen hingab, brach der Mond plötzlich durch die Wolken und übergoß die Landschaft mit silbernem Schimmer. Eine Minute später verhüllte er sich wieder und es war nun ganz finster – aber der kleinere irdische Stern da vor dem nächtlichen Reiter leuchtete noch immer, diente ihm als Führer und zog ihn unaufhaltsam an, während die dunkle Nacht ringsum über ihm zusammenschlug.

Vierte« Kapitel.

Als Mrs. Tucker starr, bleich aber mit hoch erhobenem Haupte
aus der Tienda trat und davonfuhr, hatte sie ungefähr die Empfindung, als versinke sie in die einförmige Ebene, die sich in trostloser
Greifbarkeit ringsum ausbreitete. Hätte nicht die Einsamkeit und
Oede der Landschaft eine ganz neue herzbrechende Bedeutung für
sie gewonnen, sie würde vielleicht alles für einen schweren Traum
gehalten haben. Als dann jedoch das Blut wieder anfing, ihre bleichen Wangen zu färben, als sie nach und nach zu einem schmerz-
vollen Bewußtsein erwachte, da schien es ihr fast, als sei ihr ganzes
bisheriges Leben ein Traum und nur der letzte schreckliche Auftritt
Wirklichkeit gewesen.

Ihre Augen brannten vor Scham und das Blut stieg ihr von Zeit
zu Zeit heiß bis zum Nacken und zu den Schläfen empor, während
sie sich und ihren zertretenen Stolz in ihr Umschlagetuch hüllte und
sich über die Zügel beugte. Punkt für Punkt reimte sie sich jetzt
Poindexters geheimnisvolle Vorsichtsmaßregeln und seine sonderbaren Andeutungen mit ihrer und ihres Mannes Schande zusammen. Deshalb also hatte man sie, die verlassene Frau, hierher gebracht! Der harte, helle Glanz des Himmelsgewölbes über ihr, der
unaufhörliche Wind, das kalte Glitzern der Tümpel und Wasserstreifen, welche die Marschen durchzogen, die scharfen Linien des
Küstengebirges, das Klappern der Pferdehufe und das sie im Takte
begleitende Rasseln des Buggy reizten ihre Nerven und quälten sie.
»Nein! nein! nein!« rief sie, »die Worte unzähligem«! mit der be-
wußtlosen Hartnäckigkeit eines Fieberkranken wiederholend.

Wann und wie sie die Hacienda erreicht, hätte sie kaum zu sagen
vermocht. Nur eines kam ihr zum Bewußtsein, daß die staubige
Einsamkeit des Patio, welche ihr tags vorher so unerträglich erschienen war, sich jetzt, als sie in denselben einfuhr, wie Balsam um
ihre wunde Seele legte. Die zerbröckelnden Mauern schienen ihr
Ruhe und Frieden – den Frieden der vollständigen Abgeschlossenheit, der Einsamkeit des Vergessens, des Todes zu versprechen.
Dessenungeachtet sprang sie, als sich eine Stunde später Pferdege-
trappel und Sporenklirren dem Gehöft näherten, von ihrem Lager

auf und trat Kapitän Poindexter in der Veranda mit zusammengezogenen Brauen und blitzenden Augen entgegen.

»Ich würde Sie nicht jetzt schon belästigt haben, wenn ich nicht glaubte, Ihnen vielleicht eine Wiederholung der Scene von heute morgen ersparen zu können,« begann er in ernstem Tone, und als ihn ein zorniger, verächtlicher Blick aus ihren schönen Augen traf, fügte er mit einer ruhig abwehrenden Handbewegung hinzu: »Hören Sie mich an. Ich habe soeben in Erfahrung gebracht, daß sich Ihr Nachbar, Don José Santierra von Los Gatos, auf dem Wege nach Los Cuervos befindet. Er hatte diese Ländereien hier mit Beschlag belegt und haßte Spencer, weil dieser einem Rivalen, welcher das Land ebenfalls in Anspruch nahm, und dessen Rechtstitel gerichtlich bestätigt wurde, den Komplex abkaufte. Ich sage Ihnen dies alles nur,« fuhr er, als sich Mrs. Tucker ungeduldig abwandte, mit flüchtigem Erröten fort, »ich sage Ihnen alles dies nur, um Ihnen zu zeigen, daß dem Manne keinerlei gesetzliche Rechte zustehen und daß Sie ihn nicht zu empfangen brauchen, wenn Sie nicht wollen. Ich konnte sein Kommen nicht verhindern, ohne Ihnen damit vielleicht mehr zu schaden, als zu nutzen – bin ich aber hier, wenn er erscheint, so können Sie ihn einfach an mich, Ihren Anmalt, weisen.«

Kapitän Poindexter schwieg einen Moment, Mrs. Tucker durchmaß die Veranda mit kurzen ungeduldigen Schritten, während sie die Hände krampfhaft ineinander verschlungen hielt.

»Habe ich Ihre Erlaubnis, zu bleiben?« fragte er.

Sie blieb plötzlich stehen, trat dann mit schnellen Schritten auf ihn zu und blickte ihm starr in die Augen.

»Weiß ich jetzt alles?« fragte sie.

Er konnte nur erwidern, daß er nicht wisse, was und wieviel sie gehört habe.

»Nun, ich habe gehört, daß mein Mann schändlich hintergangen und mißbraucht worden ist – hintergangen und mißbraucht von einem abscheulichen Weibe, das ihn dazu gebracht hat, ihr sein Vermögen, seine Freunde, seine Ehre, mit einem Worte, außer mir, alles zu opfern, was er besaß,« rief sie verächtlich.

»Alles außer Ihnen?« stotterte Poindexter.

»Ja, er hat ihr alles geopfert, nur mich nicht.«

Poindexter guckte in die Luft, nach dem Himmel, betrachtete die öde Veranda, das Pflaster des Patio und sogar sich selbst. Dann kehrten seine Blicke wieder zu der unbegreiflichen Frau zurück, die da vor ihm stand.

»Ich glaube, Sie wissen alles!« sagte er ernsthaft.

»Und da mein Mann mir gelassen hat, was er mir lassen konnte, diese Besitzung meine ich« – sie sprach immer schneller und drehte dabei ihr Taschentuch krampfhaft zwischen den Fingern zusammen – »so kann ich damit nun auch machen, was ich will – nicht wahr?«

»Gewiß können Sie das.«

»So verkaufen Sie die Hacienda und die dazu gehörigen Ländereien!« rief sie mit leidenschaftlicher Heftigkeit. »Verkaufen Sie alles und jedes! Verkaufen Sie auch dies!« fuhr sie fort, nachdem sie in ihr Schlafzimmer geeilt war, um die Diamantringe herbeizuholen, welche sie sofort, nachdem sie nach Hause zurückgekehrt, von den Fingern gestreift und aus den Ohren genommen hatte. »Verkaufen Sie das alles zu jedem Preise, den man Ihnen bietet, nur verkaufen Sie es so schnell als möglich; gleich auf der Stelle!«

»Aber wozu?« fragte Poindexter mit ernsten Lippen, während es in seinen Augen humoristisch aufblitzte.

»Um die Schulden zu bezahlen, in welche ihn diese – diese Person gestürzt hat – um das Geld zurückzugeben, um das er die Leute bestohlen hat – um ihn vor jedem Anteil an ihrer Schande zu reinigen! Verstehen Sie mich nicht?«

»Aber, liebe, verehrte Frau,« begann Poindexter, »selbst wenn sich das machen ließe –«

»Sagen Sie mir nicht, *wenn* sich das machen ließe – es muß sich machen lassen! Glauben Sie, ich wäre imstande, unter dem Dache dieser Hacienda zu schlafen, welche durch die Trümmer jener ruinierten Tienda aufrecht erhalten wird? Glauben Sie, ich konnte noch diese Diamanten tragen, nachdem jenes wütende Weib mir gesagt, sie seien mit ihrem Gelde bezahlt? Nein, wenn Sie der Freund meines Mannes sind, so werden Sie das für – für ihn thun.«

Hier brach sie ab, besah eine Weile ihre kalten Fingerspitzen und fuhr dann zögernd und nur wie halb mechanisch fort: »Ich weiß es, Kapitän Poindexter, Sie haben es gut gemeint, indem Sie mich hierher brachten, und Sie dürfen nicht denken, daß ich Sie für das schreckliche Resultat, den Auftritt von vorhin, verantwortlich mache. Aber wenn ich durch mein Hierherkommen irgend etwas gerettet habe, so bitte ich Sie um Gottes willen, lassen Sie mich's so schnell als möglich hingeben und von dannen ziehen. Ich habe einen Freund, der mir behilflich sein wird, mich entweder wieder mit meinem Manne zu vereinigen, oder nach Kentucky heimzukehren, wo Spencer mich aufsuchen wird, das weiß ich gewiß. Mehr will und verlange ich nicht.«

Hier unterbrach sie sich von neuem und jede andere Frau würde die nun folgende Pause mit Thränen ausgefüllt haben. Mrs. Tucker aber hielt den Kopf hoch über der Flut des Leides, welche über ihr Herz dahinging und die klaren Augen, welche sich auf Mr. Poindexter richteten, waren, obwohl schmerzumwölkt, dennoch von keinem feuchten Schimmer verdunkelt.

»Das alles würde viel Zeit beanspruchen,« entgegnete Poindexter in teilnehmendem Tone, »denn Sie können jetzt nichts verkaufen, weil es Ihnen niemand abnehmen würde. Sie sind wohl in der Lage, die Hacienda zu behaupten, solange Sie sich im thatsächlichen Besitz derselben befinden, aber Sie haben nicht die Macht, einem anderen das Eigentumsrecht zu gewährleisten. Wahrscheinlich kommt es, da Spencer außer den Leuten da drüben in der Tienda, noch vielen seiner Geschäftsfreunde Geld schuldig ist, zu einem Prozesse, und wenn auch niemand imstande ist, Sie, die Ehefrau des Flüchtlings, welche der vollen Teilnahme der Richter und Geschworenen sicher sein kann, von hier zu vertreiben, so würde sich die Sachlage sofort verändern, wenn Sie die Hacienda verkauften. Jeder Käufer würde wissen, daß Sie nicht verkaufen können, und wenn Sie es dennoch thäten, so wäre dies nur ein nutzloses und darum lächerliches Opfer.«

Sie hörte ihm halb zerstreut zu, ging bis an das Ende der Veranda, kehrte um und fragte, ohne die Augen vom Boden zu erheben: »Sie kennen die Person, wie ich vermute?« »Wen meinen Sie?«

»Ich meine jenes Geschöpf, Sie haben sie doch wohl gesehen?«

»Niemals, soviel ich mich erinnere.«

»Das ist sonderbar – Sie waren doch sein Freund!« sagte sie, die Augen zu ihm erhebend, »Aber,« fuhr sie ungeduldig fort, »Sie wissen ja wohl, wer sie ist und was sie ist?«

»Ich weiß nicht mehr von ihr, als ich schon gesagt habe,« erwiderte Poindexter. »Sie ist eine berüchtigte Dirne.«

Mrs. Tucker wurde rot, als hätte die Bezeichnung sie selber getroffen.

»Es gibt doch wohl Gesetze gegen Kreaturen dieser Art,« sagte sie mit so trockener Stimme, als stelle sie eine geschäftliche Frage, aber mit Augen, die ihren steigenden Zorn verrieten. »Es gibt doch wohl Gesetze gegen Kreaturen dieser Art, so daß man sie ergreifen und vor Gericht stellen kann – Gesetze, welche unschuldige Personen gegen die Folgen der Verbrechen schützen, welche jene begehen?«

»Ich fürchte, es würde den Leuten in der Tienda wenig genutzt haben, wenn man die Person angehalten hätte,« bemerkte Poindexter.

»Von denen spreche ich nicht,« antwortete Mrs. Tucker mit einer plötzlichen erhabenen Verachtung gegen die Pattersons, deren Sache sie noch eben zu der ihrigen gemacht hatte. Ich spreche von meinem Manne.«

Poindexter biß sich in die Lippen.

»Sie würden in jener Person die stärkste Belastungszeugin gegen ihn aufstellen und können daran nicht denken,« sagte er diesmal ohne Umschweife.

Mrs. Tucker schlug die Augen nieder und schwieg, Poindexter empfand plötzlich eine Scham, als habe er ihr einen Faustschlag versetzt.

»Verzeihen Sie,« fügte er hastig hinzu, »ich spreche wie ein Anwalt zum anderen,« Jeder anderen Frau würde er bei dieser ehrlichen und herzlichen Entschuldigung die Hand geboten haben, Mrs. Tucker gegenüber hielt ihn ein gewisses Etwas davon zurück. Mitleidig blickte er nur auf ihre niedergeschlagenen Augen und wiederholte die Frage, ob er, bleiben dürfe, um bei Don Josés Besuch zugegen zu sein. »Ich muß Sie bitten, sich schnell zu entscheiden, denn ich höre ihn schon kommen,« sagte er.

»Bleiben Sie,« entgegnete Mrs. Tucker, als sich in diesem Moment das Klappern von Hufschlägen und das Klirren mexikanischer Sporen von dem Corral her hören ließ. »Nur noch eine Frage,« fuhr sie dann, plötzlich die Augen erhebend, fort: »Seit wann kennt er jene Person?«

Aber noch ehe Poindexter antworten konnte, näherten sich Männertritte und die Gestalt Don José Santierras erschien im Thore.

Don José war ein ansehnlicher, sorgfältig rasierter Mann von mittleren Jahren, welcher eine aus schwarzem seinem Tuch gefertigte Serape trug – jenen bei den spanischen Amerikanern besonders beliebten, meist aus einem Stück bunten, gewebten Zeuges, oder einer wollenen Decke hergestellten Mantel, welcher nur mit einer Oeffnung zum Durchstecken des Kopfes versehen ist. Diese Halsöffnung an Don Josés Serape war mit so breiter Stickerei verziert, daß dieselbe einen ringsum laufenden silbernen Kragen bildete und zwei Reihen silberner Knüpfe, welche an den Außenseiten der Reithosen hinabliefen, sowie mächtige silberne Sporen vervollständigten das eigentümliche und reiche Kostüm.

Mrs. Tucker bemerkte mit schnellem, weiblichem Scharfblicke alle diese Einzelheiten ebensogut, wie den Umstand, daß die tiefe Verbeugung des Ankömmlings etwas gehaltener und förmlicher ausfiel, als die übertriebene höfliche Begrüßung, an welche sie in diesem Grenzlande gewöhnt war, und das genügte, um sie in ihrem ersten Entschlüsse, sich sofort zurückzuziehen, wankend zu machen. Zögernd blieb sie stehen, während Mr. Poindexter dem Gaste entgegenging, um sich zwischen ihn und sie zu stellen und mit einer ironischen Verschärfung seiner gewöhnlichen humoristisch-duldsamen Miene, Don Josés Blick zu erwidern, welcher schon von weitem verriet, daß er ihn erkannte. Der Spanier schien diese Miene nicht zu bemerken, sondern blieb ernst und schweigend stehen, während er Mrs. Tucker mit dem Ausdrucke tiefer und unwillkürlicher Aufmerksamkeit anblickte.

»Sie sind hier ganz recht,« begann Kapitän Poindexter. »Dies ist Mrs. Tucker. Ihre Augen täuschen Sie nicht – und es wird Mrs. Tucker zum Vergnügen gereichen, Sie in ihrem Hause zu begrüßen. Es wäre denn, daß Sie in Geschäften kämen,« setzte er halb zu Mrs. Tucker gewendet hinzu, »in welchem Falle ich Sie bitten müßte, mit mir fürlieb zu nehmen.«

Don José Santierra geruhte jetzt mit einem leichten Emporziehen der Brauen die Anwesenheit des Advokaten zu bemerken.

»Ich komme heute nicht in Geschäftsangelegenheiten, sondern nur in der Absicht, der Señora die Hand zu küssen und ihr als Nachbar meine Dienste anzubieten,« entgegnete er mit einer Art sanfter Melancholie, und indem er seine Augen rings über die Umgebung schweifen ließ, fuhr er fort: »Das ist hier kein Aufenthalt für eine Dame – das ist ja kaum noch ein Haus, sondern nur noch ein Platz für Wind und trockene Knochen, ohne Bequemlichkeit und Behagen. Die Señora wird uns daher die Gunst erweisen, ihr hierher schicken zu dürfen,, was wir in unserer armen Hütte in Los Gatos besitzen, um ihr den Aufenthalt ein wenig angenehmer zu machen. Was dürfen wir herüber senden? Ich erwarte die Befehle der Señora. Oder wäre es ihr vielleicht genehm, diesen Tag für uns dadurch denkwürdig Zu machen, daß sie als Gast nach Los Gatos käme, um da zu verweilen, bis ihre Einrichtungen hier so sind, daß sie selbst Gäste empfangen kann? Wir würden uns das zur höchsten Ehre anrechnen.«

»Die Signora würde es, nachdem sie Don Josés Gastfreundschaft genossen, nur um so schwerer finden, unter dies bescheidene Dach zurückzukehren,« sagte Kapitän Poindexter mit einem bedeutsamen Blick auf Mrs. Tucker.

Aber der Wink schien weder bei seiner schönen Klientin, noch bei dem Fremden Beachtung zu finden. Mit einer gewissen schüchternen Würde, welche Don Josés Anwesenheit in ihr wachgerufen zu haben schien, nahm Mrs, Tucker das Wort: »Sie sind sehr gütig und aufmerksam, Mr. Santierra. Ich danke Ihnen dafür, und weiß, daß mein Mann« – hier ließ sie ihre schönen, klaren Augen voll auf den beiden Herren ruhen – »sich Ihnen ebenfalls zu Dank verpflichtet fühlen würde. Aber ich werde nicht lange genug in der Gegend bleiben, um von Ihrer Güte hier oder in Ihrem Hause Gebrauch machen zu können. Ich habe gegenwärtig nur einen Wunsch, nur einen Zweck, und das ist der, diese Besitzung – allerdings alles, was ich mein nenne – zu veräußern, um die Schulden meines Mannes zu bezahlen. Vielleicht steht es in Ihrer Macht, mir dabei behilflich zu sein, Don Jos«,« fuhr sie fort, ohne weder den Ausdruck eines ihm aufgehenden Verständnisses, welcher sich über das Gesicht des Spaniers verbreitete, noch das humoristische Erstaunen Kapitän Poindexters zu bemerken. »Man hat mir gesagt, Sie wünschten Los Cuervos an sich zu bringen, und wenn Sie sich darüber mit Mr. Poindexter verständigen wollten oder könnten, würde ich Ihnen gern in jeder Weise entgegenkommen. Das wäre alles, was Sie für mich zu thun vermöchten, und Sie dürften sich von meiner Dankbarkeit dafür überzeugt halten. Außerdem können Sie mir nur noch in einer Weise dienen – Sie können allen Ihren Freunden und Bekannten sagen, daß Mrs. Bell Tucker sich nur zu dem Zwecke hier aufhält, um das auszuführen, was, wie sie weiß, den Wünschen und Absichten ihres Mannes entsprechen würde.«

Nachdem sie diese kleine Rede beendigt hatte, senkte sie den schönen, stolzen Kopf, machte dem höheren Alter, der Silberstickerei und der würdevollen Haltung Don Josés eine artige Verbeugung und verschwand mit dem flüchtigen Sonnenstrahle eines Lächelns von der Veranda.

Die beiden Männer blieben einen Augenblick stumm voreinander stehen. Don José blickte wie in Gedanken versunken nach der Thür, hinter welcher Mrs. Tucker verschwunden war, bis Poindexter, der sein duldsames Lächeln wiedergefunden hatte, ihn anredete.

»Sie haben Mrs. Tuckers Vorschläge gehört, und kennen die Verhältnisse ebensogut, wie sie ihr bekannt sind,« sagte er.

»Ich kenne sie möglicherweise besser,« entgegnete Don José.

Poindexter streifte das dunkle, ernste Gesicht des Mannes mit einem schnellen Blicke, da er aber keinen ungewöhnlichen Ausdruck in seinen Mienen wahrnahm, fuhr er fort: »Sie sehen, sie legt die Sache in meine Hand, und wir wollen wie Geschäftsmänner darüber reden. Denken Sie daran, die Besitzung zu kaufen?«

»Sie zu kaufen – nein, das nicht.«

Poindexter zog die Brauen zusammen, glättete sie aber gleich darauf wieder und blickte Don José mit verzeihendem Lächeln an, indem er sagte: »Sollten Sie eine andere Absicht verfolgen, Don José, so möchte ich, als Mrs. Tuckers Anwalt, Sie darauf aufmerksam machen, daß die Dame sich in rechtlichem Besitze des Unwesens befindet und daß nichts als ihr eigener Entschluß sie aus dieser Stellung heraustreiben kann.«

»So – so!«

Das Achselzucken, welches diese Worte begleitete, reizte Poindexters Zorn und in etwas schärferem Tone fuhr er fort: »Demnach hätten Sie mir wohl nichts weiter zu sagen –« »Vielleicht doch – es ist sogar wahrscheinlich, daß ich Ihnen allerlei zu sagen habe,« entgegnete Don José. »Aber,« fügte er hinzu, indem er nach Mrs. Tuckers Thür hinblinzelte, »das kann nicht hier geschehen.« Dann schwieg er eine kleine Weile, worauf er mit einem entschuldigenden Lächeln und einer einladenden, etwas studierten aber graziösen Gebärde nach dem Thorwege zeigte und fortfuhr: »Wollten Sie nicht eben auch Ihr Pferd besteigen?«

»Was kann der Bursche vorhaben?« murmelte Poindexter vor sich hin, während er mit einem zustimmenden Nicken daran ging, sich auf den Rücken seines Mustangs zu schwingen. »Wäre er nicht ein alter Hidalgo, ich würde ihm mißtrauen. Aber es wird sich ja zeigen. Also vorwärts!«

Auch Don José bestieg seinen Mustang! stumm durchritten die beiden Männer den Corral und erreichten Seite an Seite die offene Ebene. Poindexter sah sich um; kein anderes menschliches Wesen war zu sehen und zu hören – aber erst als die einsame Hacienda hinter ihnen versunken war, brach Don José das Schweigen.

»Sie sagten eben, wir wollten als Geschäftsmänner miteinander reden,« begann er. »Aber das möchte ich nicht, Don Marco – das mochte ich nicht. Ich schlage vor, daß wir als – als Gentlemen miteinander verhandeln.«

»Schießen Sie los!« entgegnete Poindexter, welchen die Sache anfing zu belustigen.

»Ich bemerkte eben, daß ich nicht die Absicht habe, den Rancho von der Señora zu kaufen, und will Ihnen nun sagen, warum nicht,« fuhr Don José fort, indem er mit der Hand unter die Serape fuhr und ein großes, gefaltetes Papier daraus hervorzog, »Sehen Sie, Don Marco, da haben Sie das Warum.«

Poindexter nahm ihm lächelnd das Schriftstück aus der Hand und entfaltete es. Aber das Lächeln verschwand von seinen Lippen, während er es überflog. Mit sprühenden Augen spornte er sein Pferd, um dem Spanier, der ruhig vorausgeritten war, zu folgen. Fast hätte er ihn überritten.

»Was soll dies bedeuten?« fragte er beinahe drohend.

»Was dies bedeuten soll?« wiederholte Don José ebenfalls mit flammenden Augen. »Das will ich Ihnen sagen. Es bedeutet, daß dieser Mann, Ihr Klient, dieser Spencer Tucker, ein Judas ist – ein Verräter! Es bedeutet, daß er Los Cuervos vor Jahresfrist seiner Maitresse schenkte, welche dis Besitzung am Tage, ehe sie mit ihm das Land verließ, an mich – hören Sie wohl! – an mich, José Santierra, verkaufte. Es bedeutet, daß Spencer, dieser Coyote, der Dieb, welcher das Land von einem Diebe kaufte und es an eine Dirne verschenkte, euch alle betrogen hat. Sehen Sie,« fuhr er fort, indem er sich im Sattel emporhob und das zusammengerollte Dokument wie einen Kommandostab vor sich hin hielt und einen weiten Kreis damit beschrieb, »sehen Sie, soweit Ihr Auge reicht, gehörte dieser Grund und Boden früher mir – und jetzt gehört er wieder mir. Ich brauche also Los Cuervos nicht zu kaufen, denn wenn wir, wie Sie wünschen, als Geschäftsmänner sprechen, so wissen Sie, daß ich Los Cuervos bereits gekauft habe und daß dies Papier hier in meiner Hand der Kaufvertrag ist.«

»Aber derselbe ist nicht gerichtlich bestätigt und eingetragen,« entgegnete Poindexter mit einer Sorglosigkeit, die er keineswegs empfand.

»Nein, das ist er nicht. Wünschen Sie, daß ich ihn jetzt bestätigen lasse?« fragte Don José mit seinem früheren einfachen Ernste.

Poindexter biß sich in die Lippen.

»Sie sagten vorhin, wir wollten als Gentlemen miteinander verhandeln,« warf er ein. »Nun erlauben Sie mir wohl die Frage, ob der Weg, auf dem Sie in Besitz dieses Dokumentes gelangten, eines Gentlemans würdig war?«

Don José zuckte die Achseln.

»Was wollen Sie?« sagte er. »Ich habe die Besitzung in der Schürze einer Buhlerin gefunden und sie für ein Butterbrot gekauft.«

»Und würden Sie dieselbe wieder für ein Butterbrot verkaufen?« fragte Poindexter.

»Wie soll ich das nehmen?« sagte Don José, seine eisengrauen Brauen in die Höhe ziehend. »Vor einer Viertelstunde noch waren wir bereit, alles und um jeden Preis zu *ver*kaufen – und jetzt möchten wir kaufen. Habe ich recht verstanden?«

»Hören Sie mich einen Augenblick an, Don José,« versetzte Poindexter mit dem Ausdrucke tiefer Betrübnis in seinen schwarzen Augen. »Habe *ich* recht verstanden? Soll ich annehmen, daß Sie der Bundesgenosse Spencers und jener Dirne sind, und daß Sie die Absicht haben, jene zwiefach betrogene Frau von der letzten Stätte zu vertreiben, die ihr geblieben ist, um ihr Haupt zur Ruhe zu legen?«

»Ich begreift Sie nicht. Mrs. Tucker sagte ja in Ihrer Gegenwart, daß sie den Wunsch hätte, zu gehen. Vielleicht paßt es mir, mich gössen das Volk, das zum Rancho gehört, und gegen die Leute in der Tienda großmütig zu zeigen – ich will das gar nicht verreden, und mehr verlangt sie nicht. Aber Sie, Don Marco, wessen Anwalt sind Sie denn eigentlich? Es sieht mir fast aus, als hätten Sie die Absicht, Partei gegen Ihren Klienten und seine Maitresse zu nehmen und sich auf die Seite seiner Frau zu schlagen.«

»Ueber meine Absichten werden Sie bald Näheres hören,« entgegnete Poindexter, der seine Fassung wiedergefunden hatte und plötzlich sein Pferd anhielt, »Aber unsere Pfade scheinen auseinander zu gehen und so ist's wohl am besten, wir trennen uns gleich hier. Guten Morgen.«

»Geduld, mein Freund, haben Sie nur ein bißchen Geduld!« rief Don José. »Heiliger Antonius, was sind diese Amerikaner für Leute! Hören Sie mich doch an! Was Sie zu thun gedenken, danach habe ich nicht zu fragen; meiner Meinung nach handelt es sich nur darum, was *ich*« – hier tippte er sich zur Erhöhung der Wichtigkeit seiner Person mit der Hand auf die Brust – »ich, José Santierra, zu thun gedenke. Nun ich will es Ihnen sagen. Heute werde ich gar nichts thun – morgen ebenfalls nichts, ebensowenig in den nächsten acht Tagen und in den nächsten vier Wochen! Dann wollen wir weiter sehen!«

Poindexter dachte einen Moment nach. »Wollen Sie mir Ihr Wort geben, Don José, Ihr Besitzrecht einen Monat lang nicht geltend zu machen?« fragte er dann.

»Das will ich – aber nur unter *einer* Bedingung,« gab der Spanier zur Antwort, »Merken Sie wohl auf! Ich fordere von Ihnen nicht etwa das Gegenversprechen, daß Sie die Zeit nicht zum Vorteil Ihrer Partei benutzen wollen,« hier zuckte Don José leicht die Achseln. »Nein, ich mache nur *eine* Bedingung: Sie versprechen mir, daß Mrs, Tucker während dieser Zeit nichts vom Dasein dieses Schriftstückes erfährt.«

Poindexter zögerte einen Augenblick, »Gut, ich verspreche es,« sagte er dann.

»Abgemacht. Adios, Don Marco,« gab der Spanier zurück.

»Adios, Don José.«

Der Spanier drückte seinem Mustang die Sporen in die Seiten und galoppierte in der Richtung nach Los Gatos davon. Der Anwalt hielt noch eine kleine Weile an der Stelle, um dem sich zurückziehenden aber doch siegreichen Gegner nachzublicken. Zum erstenmale verschwand der Ausdruck humoristischer Duldsamkeit und Nachsicht, womit Mr. Poindexter sonst alle menschlichen Schwachheiten zu betrachten pflegte, aus seinem Gesichte, um einer gewissen Bitterkeit Platz zu machen.

»Ich hätte darauf gefaßt sein sollen,« sagte er mit einem Anflug von Zornröte auf Stirn und Wangen. »Er ist ein alter Narr, und sie? – na, vielleicht wendet sich für sie noch alles zum Besten.«

Dabei sah er mit einem beinahe zärtlichen Blicke nach Los Cueruos hin, dann lenkte er sein Pferd dem Landungsplatze des Dampfschiffes zu.

Im Laufe des langen Nachmittages traf in Los Cuervos ein knarrender Ochsenwagen ein, beladen mit allerlei notwendigen und zur Bequemlichkeit, wie zum Schmucke der Zimmer dienenden Hausgeräten, und gleichzeitig erschien in der Küche auf geheimnisvolle Weise ein junges mexikanisches Mädchen, welches der alten, gebrechlichen Concha zur zeitweiligen Stütze dienen sollte. Beides, die junge Dienerin wie der Ochsenkarren mit seiner Ladung, kamen ohne allen Zweifel von Don José, welcher diese zarten Aufmerksamkeiten wahrscheinlich schon vorbereitet hatte, ehe Mrs. Tucker sein Anerbieten zurückgewiesen. Sie konnte die Annahme nun nicht verweigern, ohne geradezu eine Unart zu begehen – unartig und unhöflich wollte sie sich aber nicht zeigen. Im Gegenteil, sie hätte gewünscht, rücksichtsvoller und liebenswürdiger gegen dieses lebendige Ueberbleibsel einer malerischen, formvollen und glänzenden Vergangenheit gewesen zu sein. War doch Don José in seiner gehaltenen, ruhigen Weise so ganz verschieden von allem, was bis jetzt ihr Leben ausgemacht hatte, und was nun so unentwirrbar vor ihr lag.

Mit praktischem Sinne überlegte Mrs. Tucker, daß, wenn der alte Herr die Besitzung wirklich an sich brächte, es ihm vielleicht nur angenehm sein könne, all diesen Hausrat gleich hier zu haben, während, wie sie mit weiblichem Instinkt herausfand, die Sachen doch auch sehr wertvoll waren, um dem Hause für etwaige andere Käufer ein besseres Ansehen zu verleihen. So machte sie sich denn mit Vergnügen daran, die Dinge geschmackvoll zu ordnen, ja sie beschäftigte sich sogar mit dem Gedanken, wie angenehm ihr dieser Zuwachs an Schmuck und Bequemlichkeit gewesen sein würde, wenn sie sich in der Lage befände, die Hacienda zu behaupten Dieselbe war ja gar nicht so einsam und trostlos öde, wenn sie hier gebildete, angenehme Nachbarn, wie den alten Spanier, fand, die sie freundlich aufnahmen.

Außerdem sagte ihr ein instinktives Gefühl, daß diese Leute, welche selbst an der angeborenen Untauglichkeit und Unfähigkeit für die neue Civilisation rettungslos zu Grunde gingen, den Bankerott ihres Mannes milder beurteilen würden, als seine eigenen Stammesgenossen, und es fiel ihr schwer, zu glauben, daß Don José ihren Mann wirklich hassen sollte, weil dieser die Besitzung von einem siegreichen Mitbewerber gekauft hatte, wenn er doch seine eigenen gesetzlichen Rechte daran nicht zu beweisen vermochte. Dazu kam, daß das harmlose Geplauder und die Erzählungen des neuen Hausmädchens – welches auf sein gebrochenes Englisch nicht wenig stolz war – anfingen, Mrs. Tucker zu interessieren, und während sie darauf einging, wurden ihre Sympathien für den Charakter und das einfache, ernste Wesen ihres neuen Bekannten immer lebhafter. Sie fühlte sich immer mehr hingezogen zu dem Vertreter jenes echten Gesinnungsadels, welcher den Abkömmling der alten Kastilianer, und sie, die Tochter eines freien Volkes, auf dieselbe Stufe stellte.

Auf diese Weise ging der zweite Tag nach Mrs. Tuckers Besitzergreifung von Los Cuervos zu Ende. Dicke Wolken lagerten an dem grauen Horizonte, der sie nervös machende Wind, der draußen um die Mauern sauste, wurde schwächer und schwächer – bei Anbruch der Nacht stieg der Mond am Himmel empor und begann heimliche Zwiegespräche mit den niederströmenden Regenschauern zu halten.

Mrs. Tucker war früh schlafen gegangen, wachte aber kurz nach Mitternacht davon auf, daß jemand, wie sie meinte, ihren Namen rief. Der Eindruck war ein so lebhafter, daß sie aufsprang, hastig einige Kleider überwarf, ans Fenster trat und hinausblickte. Die Zwergeiche dicht daneben triefte noch von dem letzten Regengusse; aber das weite Grasland und die Marschen darüber hinaus, welche in dem wechselnden Lichte auf und ab zu wogen schienen, lagen still und einsam. Da hörte sie noch einmal ihren Namen rufen und diesmal von einer so wunderbar bekannten Stimme, daß sie mit einem leisen Aufschrei hinaus auf die Veranda stürzte, den Patio kreuzte und bis zu dem offenen Thore lief.

Aber die Finsternis, welche vorhin dem siegreichen Monde gewichen, hatte während dieses kurzen Moments die Herrschaft bereits wieder gewonnen und vergeblich versuchte die einsame Frau, dieselbe mit Auge und Stimme zu durchdringen, Totenstille umgab sie. Dann riß der Wolkenschleier plötzlich wieder entzwei. Die weite Fläche von den Bergen bis zur See lag klar, wie in hellem Tageslicht vor ihr – der bewegte Wasserspiegel des fließenden Kanals glitzerte wie ein Band von schwarzen Perlen, die stehenden Tümpel erschienen wie geschmolzenes Blei – aber kein Zeichen des Lebens, kein Geräusch unterbrach die lautlose Einförmigkeit der Landschaft. Sie mußte wohl geträumt haben! Ein eisiger Luftzug scheuchte sie in das Haus zurück; sie legte sich wieder nieder und nach einer halben Stunde umfing sie ein sanfter, friedvoller Schlummer.

Fünftes Kapitel.

Die beiden Männer bewahrten, wie sie sich gegenseitig Versprochen hatten, das Geheimnis. Mr. Poindexter überzeugte Mrs. Tucker davon, daß der Verkauf von Los Cuervos unmöglich sei, bis der Lärm über die Flucht ihres Mannes sich etwas gelegt hätte, und sie war gezwungen, sich in ihr Schicksal zu ergeben. Der Verkauf ihrer Diamanten, welcher eine fast unbegreiflich hohe Summe einbrachte, gestattete ihr, die Pattersons wieder in den ruhigen Besitz und Betrieb der Tienda zu setzen und die Verpflichtungen ihres Mannes gegen die Rancheros, sowie einige andere kleine Leute einzulösen.

Inzwischen war die Regenzeit zu Ende gegangen. Es schien Mrs. Tucker, als hätten die Regenwolken gleichsam über Nacht ihre weißen Zelte abgebrochen und sich davongemacht. Die Sonne war Siegerin geblieben und behauptete sich hinfort unangefochten im alleinigen Besitz des blauen, glänzenden Himmelsgewölbes. Eines Nachmittags kam es Mrs. Tucker vor, als habe die traurige, monotone Ebene vor ihrem Fenster eine etwas heiterere Färbung angenommen, und schon eine Woche später sah sie sich von einer knospenden, in allen Farben strahlenden Blütenpracht umgeben. Strecken von flammenden Mohnblumen wechselten mit blauen Lupinen, zarten Maßliebchen, duftenden wilden Rosen und goldigem Löwenzahn, während die grünen Wellen des wilden Hafers bis zu dem die Berge krönenden Tannenwald hinausliefen.

Zwei Monate lang sah sich Mrs. Tucker täglich neu überrascht und fast wie berauscht von dieser Farbenpracht. Sie hatte der üppig jungfräulichen Flora Kaliforniens niemals so unmittelbar von Angesicht zu Angesicht gegenübergestanden und keine Ahnung von der strahlenden Herrlichkeit gehabt, welche sie verschwenderisch aus ihrem Füllhorn schüttet. Wie ein junger Gott schritt der Frühling über die kraftstrotzende Erde, Unter seinen Füßen erwachte überall pulsierendes Leben, und selbst die wenigen flachen Furchen, welche die Pflugschar rings um die äußere Umfassung des Corral zog, genügten, um ein wahres Dickicht gigantischer Getreidehalme so hoch emporschießen zu lassen, daß sie die niedrigen Mauern der Hacienda fast verbargen. Nur eines blieb bei alle diesem Sprießen, Blühen und Wachsen, in dieser schimmernden Flut von Farbe und

Licht, bei aller überströmenden Jugend und Frische der Erde und allem strahlenden Glanze des Himmels ewig unveränderlich – die unfruchtbare Vergangenheit. Wie ein ausgegrabener grinsender Totenschädel auf dem grünen Rasen eines Friedhofes, so lag sie inmitten der jubelnden Auferstehung, inmitten der glorreichen Wiedergeburt der Natur leblos, unveränderlich und stumm.

Während dieser Zeit sprach Don José häufig in Los Cueruos vor, um sich nach dem Befinden der Herrin des Hauses zu erkundigen. In strenger Beobachtung aller Höflichkeitsformen, die von der stolzen Tochter des Blaugraslandes wohl bemerkt und nach Gebühr gewürdigt wurden, hatte er gleich bei den ersten Besuchen seine Nichte und seine Schwester mitgebracht. Mrs. Tucker hatte den Damen ihren Gegenbesuch abgestattet und bei dieser Gelegenheit die Bekanntschaft der Großmutter Don Josés gemacht, einer Dame, welche sogar die alte gebrechliche Concha noch als eine mutwillige Muchacha, einen Springinsfeld, ansah und sich selbst gleichsam mit dem phosphorescierendem Glanze der Verwitterung schmückte. Bei dieser Gelegenheit hatte denn auch Mrs. Tucker in Erfahrung gebracht, daß Don José noch nicht ganz fünfzig Jahre zahlte und daß der Ernst seiner Haltung und die gemessene Ruhe seines Wesens nicht sowohl das Resultat des Alters, sondern das einer stolzen Selbstbeherrschung sowie des Temperamentes war, und dieser Umstand hatte sie – sie würde nicht haben sagen können warum – äußerst unangenehm berührt. Sie bedauerte plötzlich, daß sich Poindexter jetzt so selten in Los Cueruos sehen ließ und fragte sich mit einer Art ungeduldiger, nervöser Verwunderung, warum er wohl in letzter Zeit so geflissentlich vermieden hatte, mit ihr zusammenzutreffen. Konnte das eine Folge der schmachvollen Andeutungen jenes Weibes in der Tienda sein? Der Gedanke ließ ihre Pulse vor Empörung schneller schlagen.

»Als wenn –« aber sie brachte die Rede nicht einmal vor sich selbst zu Ende. Ihre Augen füllten sich mit bitteren Thränen.

Dessenungeachtet hatte sie nach und nach angefangen, mit weniger fieberhafter Erregung und Unruhe, mit geringerer Ungeduld an den Mann zu denken, der so schlecht an ihr gehandelt. Es schien ihr, als ob sie ihn jetzt nur um so inniger liebe, da seine Abwesenheit – obgleich sie sich mit dieser keineswegs ausgesöhnt fühlte –

die Erinnerung an das in ihr frisch erhielt, was er gewesen, ehe jener wahnsinnige, verzweifelte Schritt ihn von ihr trennte. Sie hatte nie mit eignen Augen gesehen, daß sich das Auge eines anderen Weibes in dem seinigen spiegelte, die Vergangenheit war für sie durch kein Zeichen des Erkaltens oder Abnehmens der Liebe getrübt; sie konnte ihn wiederfinden, ihre Arme um ihn schlingen, konnte aus dem bösen, wirren Traume der Gegenwart erwachen, ohne ihm einen Vorwurf zu machen, ohne eine Erklärung zu verlangen.

In diesem unwandelbaren Glauben fand sie Geduld und Ruhe wieder. Sie versuchte nicht mehr, die Einzelheiten seiner Flucht zu erfahren und es kam ihr nicht im Traume bei, daß diese passive Ergebung in seine Abwesenheit zum Teil vielleicht der geheimen Furcht entstammte, es könne in seinem jetzigen Leben Momente geben, welche ihr Vertrauen für immer zerstören müßten.

Aus diesem Grunde war ihr die taktvolle Zurückhaltung der Familie in Los Gatos doppelt wohlthuend, und die Abgeschiedenheit, in der dieselbe von einer Welt lebte, welche die Nennungen ihres Mannes kannte und verurteilte, ließ ihr Don Josés Besuche erwünscht und angenehm erscheinen, bis sie, wie schon erwähnt, durch den erwachenden Instinkt aus ihrer Unbefangenheit aufgescheucht wurde.

An dem nächsten Besuchstage Don Josés forderte sie Kapitän Poindexter auf, ihr ebenfalls seinen Besuch zu schenken – bemerkte aber zu ihrem Erstaunen, daß die beiden Männer einander mit einer gewissen Kälte und Abneigung begegneten. Es erforderte ihren ganzen Takt als Wirtin, diese Gegnerschaft nicht zum offenen Ausbruch kommen zu lassen, und die Anstrengung, die beiderseitige Unzufriedenheit niederzuhalten, sowie andere ihr vorderhand noch unerklärliche Empfindungen versetzten sie in eine nervöse Erregtheit, die ihr das Blut in die Wangen trieb und ihren Augen einen gefährlichen Glanz verlieh – zwei Dinge, welche ihren beiden Gästen nicht entgingen und ihre Deutung bei ihnen fanden.

Das brachte die beiden Männer einander aber nicht näher – im Gegenteil, je hübscher Mrs. Tucker wurde, je kühler und steifer zeigten sie sich gegeneinander, bis sich endlich Don José vor seiner gewöhnlichen Zeit erhob und sich mit mehr als gewöhnlicher Förmlichkeit verabschiedete.

»Sie scheinen mich demnach nicht gerufen zu haben, um ein Geschäft, das ihn angeht, abzumachen,« sagte Poindexter kalt und ruhig, als Mrs. Tucker sich mit ärgerlich verwunderte!« Gesicht zu ihm wandte. »Oder haben Sie mir unter vier Augen etwas über ihn mitzuteilen?«

»Ich begreife Sie beide nicht,« gab Mrs. Tucker mit einem leisen Beben der Stimme zur Antwort. »Ich hatte keine Ahnung, daß Sie so schlecht zu einander stehen-, vielmehr glaubte ich, Sie ständen auf gutem Fuße. Es ist wirklich ärgerlich.« Und ihn, ohne eine Spur von Koketterie mit ihren sanften blauen Augen seitwärts ansehend, setzte sie hinzu: »Sie sind beide doch so gut gegen mich gewesen.«

»Vielleicht ist das gerade der Grund,« gab Poindexter ernsthaft zur Antwort, Aber diese Vermutung wurde von Mrs. Tucker nicht mit gleicher Ernsthaftigkeit aufgenommen. Sie begann zu lachen, doch fing dies Lachen, welches anfänglich ganz harmlos und offen, wie das eines Kindes geklungen hatte, eben an, einen nervösen Anstrich zu bekommen, als Mr. Poindexter dasselbe Plötzlich unterbrach.

»Ich habe nichts mit Don José Santierra vorgehabt,« sagte er, ihre Heiterkeit gänzlich unbemerkt lassend. »Aber vielleicht fühlt er sich weniger zur Höflichkeit gegen den Freund des Mannes geneigt, als gegen dessen Frau.«

»Mr. Poindexter!« rief Mrs. Tucker, indem sie blaß wurde.

»Ich bitte um Entschuldigung!« versetzte er errötend, »aber –«

»Sie wollten ohne Zweifel sagen, daß Sie keine besondere Freunde sind,« siel sie mit wiedergewonnener Ruhe ein, »Ist das der Grund, warum Sie in der letzten Zeit mein Haus vermieden haben?«

»Ich dachte, ich könnte Ihnen anderwärts nützlicher sein, als hier,« gab er ausweichend zur Antwort. »Ich bin nämlich vor kurzem auf eine Spur gekommen und habe dieselbe eifrig verfolgt; ich meine auf die Spur jener – jener Person.«

Ein Schatten huschte über Mrs. Tuckers Gesicht.

»Wirklich,« sagte sie kühl. »Ich muß demnach annehmen, daß es Ihnen lieber ist, in Ihren Mußestunden jener Kreatur nachzuspüren, als mich zu besuchen?«

Poindexter stand bestürzt. War das die Frau, welche noch vor etwa vier Monaten keinen heißeren Wunsch gekannt hatte, als die Maitresse ihres Mannes zu verfolgen? Darauf konnte es nur eine Antwort geben – Don José! Vor vier Monaten würde er selbst eine solche frivole Vermutung noch mitleidig belächelt haben. Jetzt vermochte er nur mit Anstrengung seine Bitterkeit zu mäßigen, als er sagte: »Wenn Sie nicht wünschen, daß wir die Nachforschungen fortsetzen, so –«

»Wenn ich nicht wünsche? Was geht mich die Sache an?« fragte Mrs. Tucker in der kühlsten Weise. »Thun und handeln Sie ganz nach Ihrem eigenen Ermessen.«

Dessenungeachtet sagte sie, als er etwa eine halbe Stunde später aufbrach, beim Abschied mit einem gewissen schüchternen Zögern: »Lassen Sie mich nicht so viel allein, Kapitän Poindexter – und geben Sie die Verfolgung jener Person auf.«

Und das war nicht die einzige unvorhergesehene Folge dieser unschuldigen Bemühung, ihre besten Freunde einander näher zu bringen. Don José erschien an dem nächsten gewöhnlichen Besuchstage nicht, sondern an seiner Stelle fand sich Doña Clara, seine jüngste Schwester ein. Als sich Mrs. Tucker höflich nach Don José und dem Grunde seines Ausbleibens erkundigte, schlang Doña Clara ihre bräunlichen Arme um die Taille der blonden Amerikanerin und sagte: »Aber warum lassen Sie auch den Abogado, Ihren Anwalt, diesen Poindexter, kommen, wenn mein Bruder Sie besucht?«

»Aber Kapitän Poindexter besucht mich als Freund!« entgegnete Mrs. Tucker erstaunt. »Er ist ein Gentleman und ist Soldat und Offizier gewesen,« setzte sie dann etwas wärmer hinzu.

»Ah, ja – er ist so eine Art Soldat des Gesetzes, so – was Sie *official de policia*, Offizier der Gendarmerie, nennen. Aber er ist kein Gentleman, kein *camarero*, um eine Dame zu beschützen.«

Mrs. Tucker hatte eine etwas scharfe Antwort auf der Zunge, aber die vollständige Harmlosigkeit und gutmütige Einfalt Doña Claras hielt diese zurück. Dennoch begegnete sie Don José bei seinem nächsten Besuche mit einer gewissen Zurückhaltung, erreichte dadurch bei dem einfachen Kastilianer aber nur das Gegenteil ihrer Absicht – d. h, sie brachte ihn bei einem Haare dazu, sie um eine Erklärung zu bitten, und da diese eine Menge Gefahren in sich geschlossen hätte, sah sie sich gezwungen, wenigstens für den Moment den alten Verkehrston wieder anzunehmen.

Inzwischen kam ihr ein prächtiger Gedanke, Sie wollte an Calhoun Weaver schreiben, den sie seit jenem denkwürdigen Tage nicht wieder gesehen und gern vermieden hatte, und wollte ihm schreiben, daß sie seines Rates bedürfe. Jedenfalls kam er darauf hin nach Los Cueruos, und vielleicht vermochte er etwas zur Klärung der auf ihr lastenden Verhältnisse und zur Abkürzung der schrecklichen Zeit des Wartens beizutragen. Wenigstens zeigte sie damit den Leuten hier, daß sie noch alte Freunde hatte. Nicht im entferntesten aber dachte sie daran, nach dem heimatlandlichen Blaugraslande zurückzukehren, Ihre Eltern waren, seitdem die Tochter das Haus verlassen hatte, gestorben und der Gedanke, mit ihrem zerstörten Leben den Gespielen und Gefährten ihrer Jugendtage wieder unter die Augen zu treten, würde sie mit Schauder und Entsetzen erfüllt haben.

Mr. Calhoun Weaver erschien denn auch sofort, zeigte sich so großthuerisch wie möglich, war voll Weisheitssprüche, sehr freundschaftlich – aber ein wenig rüde. Er hatte ihr ja – daran erinnerte sie sich wohl noch? – alles vorausgesagt. Spencer hatte aus lauter Eitelkeit den Kopf verloren und zu viel auf einmal unternommen. Solche Geschäfte erforderten Vorsicht und Festigkeit, das wußte er, ihr Jugendfreund – vielleicht hatte Mrs. Tucker von den erfolgreichen Unternehmungen, die er selbst kürzlich ins Leben gerufen, gehört? – aus eigener Erfahrung. Aber Spencer war über Hals und Kopf ins Zeug gegangen. Und was jenes Frauenzimmer betraf – übrigens eine verfl– schöne Person! – so wußte ja jedermann, daß Spencer nach der Seite hin immer seine kleinen Schwächen gehabt hatte. Er, Calhoun Weaver, konnte ihr nur sagen – aber wenn sie nichts weiter davon hören wollte, so hatte sie vielleicht ganz recht. Das beste war, die Sache nicht allzu schwer zu nehmen.

Der Jugendfreund, als er so breit, aufgeblasen, selbstsüchtig, verständnis- und urteilslos, ohne jegliche Spur von Zartgefühl und dennoch erfüllt von einem dunklen Drange, ihr nützlich zu sein, vor ihr saß, flößte Mrs. Tucker den tiefsten Widerwillen ein. Das beschämende Bewußtsein, wie thöricht sie gehandelt, als sie ihn hierher gerufen, und die erneuerte schmerzliche Empfindung ihrer gänzlichen Verlassenheit und Hilflosigkeit bemächtigten sich ihrer und schienen sie zu lähmen.

»Natürlich fühlen Sie sich unglücklich,« fuhr Calhoun Weaver mit der Selbstgefälligkeit eines gründlichen Kenners der menschlichen Natur fort. »Natürlich – sehr natürlich. Sie befinden sich in 'ner ganz fatalen Lage und wissen im Augenblicke weder aus noch ein. Aber da ist nur eines zu thun – 'nen raschen Entschluß zu fassen, und in aller Ruhe 'ne Ehescheidungsklage einzureichen. Lassen Sie mich ausreden. Es gibt keinen Richter und kein Geschworenengericht in ganz Kalifornien, der und das Ihnen nicht ohne weiteres recht geben und Spencer in *contumaciam* verdonnern würde. Und bann Bell –« dabei zog Calhoun seinen Stuhl näher heran, »wenn Sie dann geschieden und frei sind – so –! Nein Bell, ich will jetzt nicht etwa den Antrag wiederholen, den ich Ihnen früher 'mal machte, ehe Spencer dazwischen kam – nein – wahrhaftig – auf Ehre – Sie haben nichts zu fürchten! Da nehmen Sie meine Hand darauf!«

Welche Antwort er von Mrs. Tucker empfing, verschweigt die Geschichte. Nur so viel ist sicher, daß Calhoun Weaver eine halbe Stunde später mit Spuren von Thronen auf dem guten dummen Gesicht, mit heiserer Falsettstimme und anderen Zeichen körperlicher und geistiger Gebrochenheit aus dem Hause in den Hof trat und gerade nur noch so viel Kraft zu besitzen schien, um der alten Concha – mit einem Fingerzeige nach ihrer blaß und stolz in der Thür stehenden Herrin, welche ihm ein stummes, halb mitleidiges Lebewohl zuwinkte – in vertraulichem Tone das geheimnisvolle Wort »Blaugras!« zuzuflüstern.

Von der Zeit an bemerkten die wenigen Menschen, welche Mrs. Tucker häufiger sahen, eine Veränderung in ihrem Wesen. Ihre kindliche Heiterkeit und mädchenhafte Art und Weise wichen einem mehr frauenhaften Ernste. Sie widmete sich mit Vorliebe ihrem

Haushalte und beschäftigte sich mit einem ihr ganz neuen Pflichtgefühl mit Verbesserungen und Verschönerungen der Hacienda, bis dieselbe nach und nach nicht allein ihrem seinen Sinne für Nettigkeit und Anmut entsprach, sondern gleichsam zum Ausdrucke eines Teiles ihrer eigenen Individualität geworden war. Die rauhen Rancheros, sowie die Handelsleute, denen in der Ausübung ihres Berufes der Zutritt zu der Besitzung gestattet war, singen sogar an, in geheimnisvoller Weise von einem schönen Garten zu sprechen, welcher im Almarjal, d. h. an einer Stelle entstanden war, wo ehedem nur Unkraut und wildes Gesträuch gewuchert hatte.

Mrs. Tucker ging selten aus, machte meist nur lange Spazierfahrten auf einsamen Straßen, und war dann immer von der einen oder anderen ihrer Dienerinnen begleitet. Sonntags begab sie sich zuweilen nach der halb in Ruinen liegenden Kirche der Mission Santa Inez, wo sie sich während der Messe stets im dunkelsten Schatten des klösterlichen Chores hielt, und nach und nach begannen die niederen Leute, denen sie bei diesen Ausflügen begegnete, ihr eine beinahe verehrungsvolle Achtung zu zeigen. Sie blieben mit entblößten Köpfen am Wege stehen, um sie vorüber zu lassen, machten ihr mit stummer Höflichkeit in der Tienda oder auf dem Markte des elenden Oertchens Platz, wenn sie erschien, und Bell Tucker begann nach und nach sich als Witwe zu fühlen – eine Empfindung, welche ihr zwar Thränen erpreßte, ihr, auf der anderen Seite, aber doch eine Art stillen Trostes gewährte. Diese Stimmung kam ihr übrigens bald so natürlich und einfach vor, daß sie die Trauerkleider, welche sie um ihre Eltern getragen, wieder hervorsuchte – leider aber kleideten dieselben sie so gut und erhöhten ihre Schönheit dergestalt, daß sie bei einzelnen Herren, welche im Lande fremd waren und ihre Geschichte nicht kannten, Mißverständnisse hervorriefen und Mrs. Tucker sich genötigt sah, sie wieder abzulegen.

Außerdem gaben ihre Zurückhaltung und ihre ernste Würde nicht selten Veranlassung zu einem anderen Irrtume. Man hielt sie für eine Landsmännin der Santierras und über der stolzen »Dona Bella« geriet für eine Weile die einfache Mrs. Tucker in Vergessenheit, ja Mrs. Tucker selbst kam hin und wieder in Gefahr, sie zu vergessen. Nachdem sie sich jetzt vollständig an den Klang einer anderen Sprache und an die Physiognomie eines anderen Volkes gewöhnt hatte, konnte sie stundenlang in der Veranda sitzen, oder von ihrem Fenster aus, über den Garten hinüber nach der schimmernden Lagune blicken, für deren ruhigen von Ebbe und Flut nicht berührten Spiegel sie eine große Vorliebe hatte, da er bei Sonnen- wie bei Sternenschein stets das ungetrübte Bild des darüber ausgespannten Himmelszeltes wiedergab und ihren müden Augen einen festen Ruhepunkt gewählte.

An einem jener langen, träumerischen Sommernachmittage nun, an welchem der blinkende Wasserspiegel durch nichts belebt wurde, als durch das Licht und den gelegentlichen Flügelschatten vorüberziehender Vögel, bemerkte sie einen Wagen, welcher langsam am Ufer der Lagune daherkam und auf diesem kürzeren Richtewege einen scharfen Winkel der gewöhnlichen Straße abgeschnitten hatte – ein Umstand, der Mrs. Tucker – sie wußte selbst nicht recht warum – mit Unruhe erfüllte. Mit einer seltsamen Empfindung beobachtete sie das näher kommende Fuhrwerk, bis es nach dem Corral einbog, und einige Augenblicke später meldete das Mädchen Mr. Patterson, welcher Mrs. Tucker allein zu sprechen wünschte.

Mrs. Tucker begab sich nach der Veranda, welche während der trockenen Jahreszeit als Empfangszimmer diente, war aber nicht wenig erstaunt, zu finden, daß Mr. Patterson Gesellschaft bei sich hatte, denn neben ihm stand eine sehr hübsche, gut gekleidete junge Frau, welche Mrs. Tucker mit unverhohlener gutmütiger Neugier und Bewunderung anblickte.

»Es sieht jetzt hier ganz anders aus, als vor zwei Jahren – Sie haben alles so viel schöner eingerichtet,« begann die Fremde mit munterem Lachen.

Mrs. Tucker richtete sich bei dieser vertraulichen Anrede etwas höher auf und wandte sich mit fragender Miene zu Mr. Patterson. Aber die gewöhnliche Melancholie dieses Herrn schien sich durch die Heiterkeit seiner Gefährtin nur noch zu verstärken. Er stieß nur einen tiefen Seufzer aus und rieb, offenbar in düsteres Nachdenken versunken, sein Bein mit der Hutkrempe.

»Na, so geht doch los, Patterson,« sagte die junge Frau lachend, indem sie ihm einen kleinen Rippenstoß versetzte. »Geht doch los und stellt mich vor. Steht nicht da, wie ein Leichenstein. Ihr wollt nicht? Gut, so werde ich's selbst besorgen,« und die düstere Sprechweise Mr. Pattersons vortrefflich nachahmend, fuhr sie fort:

»Mrs. Tucker, ich habe die Ehre, Ihnen die ehemalige Geliebte Mr. Spencer Tuckers vorzustellen. Halt, laufen Sie nicht davon. Ich sagte, die *ehemalige*, und so wahr ich hier stehe,. Ma'am – ich sagte die Wahrheit. Schätze, ich würde gar nicht hier stehen, wenn es nicht die reine Wahrheit wäre, daß ich ihn, nachdem er Sie verlassen, mit keinem Auge wieder gesehen habe.«

»Das is so wahr, wie's Evangelium,« fiel Patterson ein, den ein Blick in Mrs. Tuckers marmorbleiches, versteinertes Gesicht plötzlich aus seinen Gedanken aufzurütteln schien, »'s is die reine Wahrheit, und ich kann's beweisen. Ich kann beschwüren, daß diese junge Dame längst außerhalb des goldnen Thores draußen auf 'm Meere schwamm, während sich Spencer Tucker in meiner Schenkstube befand. Ich kann's beschwören, denn ich habe ihm in jener Nacht zu essen und zu trinken gegeben, habe ihn auf 'n Pferd gesetzt und ihn auf den Weg nach Monterey gebracht.«

»Und wo ist er jetzt?« fragte Mrs. Tucker mit einem Tone, der beinahe wie ein Aufschrei klang.

Die beiden blickten erst einander und dann Mrs. Tucker an. Dann entgegneten beide langsam und in vollständigem Unisono: »Aber – das – wollten – wir – ja – eben – von – Ihnen – wissen!« Der Effekt dieser Rede schien beide so zu erfreuen, daß sie noch einmal in demselben Takt und Einklang wiederholten: »Das – wollten – wir – ja – eben – von – Ihnen – wissen.«

Zwischen der Erschütterung, sich so plötzlich der Mitschuldigen ihres Gatten gegenüber zu befinden und der unerwarteten Eröffnung, daß derselbe, allem Anschein nach, mit jener Person nicht mehr im Zusammenhang stand – zwischen den äußersten Extremen von Hoffnung und Befürchtung, welche die Worte derselben in Mrs. Tuckers Seele weckten, nahm sich der melodramatische Chorus so unaussprechlich lächerlich und komisch aus, daß Mrs. Tucker nur mit Mühe ein lautes nervöses Auflachen zu unterdrücken vermochte.

»Das ist die richtige Art und Weise, die Sache zu nehmen,« sagte die Fremde, welche Mrs. Tuckers Miene nach ihrer eigenen lustigen Auffassung des Lebens deutete und auslegte. »Na, hören Sie mich an, ich werde Ihnen alles haarklein erzählen.« Dabei suchte sie sich sorgfältig den bequemsten Stuhl aus, setzte sich und kreuzte die

Hände im Schöße. »Ich fuhr also am 18. Januar mit dem Schiffe ›Argo‹ von hier ab. Wir hatten besprochen und berechnet, daß Ihr Mann das Schiff bei San Francisco besteigen sollte – käme ihm etwas dazwischen, so wollte er, nach unserer Verabredung, in Acapulco mit uns zusammentreffen. Gut. In San Francisco kam er nicht an Bord und wir segelten ohne ihn weiter. Wie es scheint, hat er allerdings die Absicht gehabt, das Schiff auf der Reede von San Francisco zu erreichen, ist aber daran verhindert morden, weil sein Boot bei dem starken Winde kenterte. Erschrecken Sie nur nicht – er ist, wie Patterson beschwören kann, nicht ertrunken. Ihm ist kein Haar auf dem Kopfe gekrümmt worden. Aber ich – mir ist's schlechter gegangen. Mich haben sie bis ans Weltende mitgenommen und in Mexiko allein und ohne 'nen Cent in der Tasche ans Land gesetzt. Ich schwör's Ihnen bei meinem und Ihrem Leben: dieser Hund von Kapitän nahm – als er sicher zu sein glaubte, daß sie Spencer erwischt hätten, oder daß er ertrunken wäre, alle seine Koffer und sonstigen Sachen in Beschlag und setzte mich arm wie eine Kirchenmaus ans Land. Hätte ich da unten nicht 'nen Mann gefunden, der mir anbot, mich zu heiraten, und mich hierher zurückzubringen, ich hätte sterben und verderben können. Na, ich nahm den Vorschlag an und die, welche als Mr. Tuckers Schatz von hier fortgegangen, ist als die Frau eines ehrlichen Mannes wiedergekommen. – Damit, schätze ich, ist meine Rechnung glatt.«

Es lag etwas so unwiderstehlich Aufrichtiges in den Worten der Frau, sie sprach, bei aller moralischen Unzurechnungsfähigkeit, mit so viel Selbstzufriedenheit und gutmütigem Humor, daß sogar Mrs. Tucker, wenn sie weniger mit ihren eigenen Gedanken beschäftigt gewesen wäre, schwerlich widerstanden hätte. Aber ihre Augen waren noch immer fest auf das melancholische Gesicht Pattersons gerichtet, welcher eben anfing, den Totenschrein seines Gedächtnisses aufzuschließen und seine tief eingesargten Erinnerungen auszugraben.

»Sie können sich strikte auf das verlassen, was Ihnen die Frau Kapitän Baxter da – wir nannten sie früher, weil sie aus New Orleans kam, immer die französische Inez – erzählt hat, Mrs. Tucker,« sagte er. »Können ihr alles aufs Wort glauben, denn sie is jetzt 'ne verheiratete Frau und über die Dummheiten 'naus, 's is wirklich und wahrhaftig so, wie sie sagt. Spencer Tucker kam an dem Tage, nachdem sie abgesegelt und sein Boot gekentert war, zu mir in die Tienda.«

Und nun gab Patterson einen so ausführlichen, keine noch so überflüssige Einzelheit übergehenden Bericht über die Vorgänge jener Nacht, wie Leute seiner Art zu geben pflegen, und fügte dem, was wir schon wissen, ergänzend bei, er sei einige Tage später nach dem Wirtshause oben auf dem Passe gekommen und habe zu seinem Erstaunen gehört, daß man Spencer weder dort gesehen habe, noch in Monterey, von wo er sich nach Acapulco hatte einschiffen wollen.

»Aber warum hat man mir alles das nicht früher gesagt?« rief Mrs. Tucker mit beinahe wilder Heftigkeit, während sie bald Patterson, bald Mrs. Baxter ansah. »Warum erfahre ich das erst jetzt? Warum hat man mir alle diese Thatsachen verheimlicht?«

»Das will ich Ihnen sagen,« entgegnete Patterson, während er sich voll Demut und wie zerschlagen in einen Stuhl sinken ließ. »Als ich fand, daß er nicht dahin geritten war, wohin er hatte reiten wollen, da suchte ich 'n anderswo. Ich kannte die Spur des Mustang, den ich 'm geborgt hatte, an 'nem lockeren Eisen, und da fand ich denn auch richtig 'raus, daß er jenseits der Lagune von dem eigentlichen Wege abgewichen war, und eine Richtung eingeschlagen hatte, als ob er in schöner gerader Linie, sowie 'ne Biene fliegt, hierher hätte reiten wollen.«

»Nun, und weiter?« fragte Mrs. Tucker atemlos.

»Nun,« fuhr Mr. Patterson in dem resignierten Tone eines Mannes fort, der an hartes Martyrium gewöhnt ist, »vielleicht bin ich ein gottverlassener alter Esel, aber ich kalkuliere, er is auch wirklich und wahrhaftig hierher geritten – und 's is ja, wie schon gesagt, immer möglich, daß ich so was, wie'n regelrechter Schafskopf bin – aber ich kalkulierte weiter, daß wenn er dagewesen is, Sie das ja ohne Frage wissen werden.«

Mrs. Tucker fühlte, daß ihr unter den prüfenden Blicken der beiden das Blut siedendheiß in den Kopf stieg und daß sie rot wurde bis in die Schläfen, obgleich sie nicht wußte, warum. Aber beide schienen sich immer mehr von ihrer gänzlichen Unkenntnis zu überzeugen, denn Patterson fuhr nach einer Weile nur noch düsterer fort: »Wenn er Ihres Wissens wirklich nich hier war, so muß er unterwegs nochmals seine Absicht geändert haben und nach dem Dampfschifflandeplatze geritten sein, um sich von dort ab einzuschiffen. Das einzige, was ich dabei nich wüßte, is nur, wo er 'n Boot hergekriegt und wo er mein Pferd gelassen hätte. – Aber ich habe auch noch 'nen ganz anderen Gedanken, den man freilich nicht beweisen kann,« setzte der Mann hinzu, indem er seine Stimme zu noch melancholischerer Tiefe herabsinken ließ, »habe 'ne Idee, die nach Gottes unerforschlichem Ratschlusse nich unmöglich wäre.«

Bei diesen Worten, welche durch den unangenehmen Eindruck, den der Sprecher immer auf sie gemacht hatte und noch machte, sowie durch seine unheimliche Betonung, nur an Schwere und düsterer Bedeutung gewannen, fühlte Mrs. Tucker einen kalten Schauder über ihren Rücken laufen.

»Was denken Sie?« fragte sie mit blassen Lippen.

»Ich meine – obgleich niemand daran glaubt als ich – ich meine also, daß man doch schon hin und wieder von solchen Warnungen und Anzeichen gehört hat – daß sie eigentlich dabei immer nur demjenigen gelten, der sie hört und sieht. Na, wenn's wirklich mir gegolten hat, so füge ich mich in den Willen des allmächtigen Gottes! Ich habe nämlich den Gedanken, daß – daß Spencer Tucker – wirklich ertrunken is – als das Boot kenterte – und daß es« – hier ging Pattersons Stimme in einem rauhen Flüstern unter – »daß es gar kein lebendiger Mensch gewesen is, der damals in der Nacht zu mir kam, sondern aber ein Geist, welcher der Finsternis entstieg und wieder in die Finsternis zurücksank! Keines Menschen Auge, außer dem meinigen, hat 'n gesehen, keines Menschen Ohr, außer dem meinigen, hat 'n gehört. Kalkuliere, 's war niemand bestimmt als mir!« Hier schwieg Patterson einen Moment und strich sich mit der Hutkrempe über die Augen. »Sie werden freilich sagen, daß die Kürbispastete dagegen spricht, und daß der Whiskey dagegen spricht – auch 'n paar Worte, die 'm gelegentlich so entfielen, könnten dagegen sprechen,« fuhr er dann in demselben Tone fort, »aber 's wäre immer möglich, daß er alles nur gethan und gesagt hatte, damit daß ich 'n daran erkennen sollte.«

Mrs. Baxters heiteres Lachen fuhr etwas unsanft in Pattersons düstere Stimmung und zerstörte ihre ansteckende Wirkung.

»Schätze, 's war in jener Nacht kein anderer Geist in Eurer Schenkstube, als der Whiskey, den Ihr und Spencer vertilgtet,« sagte sie vergnügt. »'s sollte mich gar nicht wundern, wenn ihr Euch 'n bißchen beduselt und falsch verstanden hättet, was Euch Spencer von seinen Plänen sagte.«

Patterson schüttelte schwermütig den Kopf.

»Ich wette,« fuhr Mrs. Baxter, dadurch nicht im mindesten beirrt fort, »ich wette, was Ihr wollt, er kommt nächstens frisch und gesund irgendwo zum Vorschein. Außerdem ist's mehr als wahrscheinlich, daß Poindexter ganz genau weiß, wo er sich aufhält.«

»Nein,« rief Mrs. Tucker eifrig. »Er hätte es mir gesagt.«

Mrs. Baxter sah stumm zu Patterson hinüber. Patterson beantwortete diesen Blick durch einen langen schwermütigen Pfiff. »Ich verstehe nicht, was Sie damit sagen wollen!« rief Mrs. Tucker, indem sie sich mit kühler Würde aufrichtete und ihren Stuhl etwas zurückschob.

»Sie verstehen nicht? Na, dann segne Gott Ihr unschuldiges Herz!« gab Mrs. Baxter zur Antwort. »Warum war denn der Advokat erst so dahinterher, mich aufzuspüren und saß allen meinen Freunden und Bekannten auf dem Nacken – und warum hätte er das alles aufgesteckt und ließe mich, seitdem ich hier bin, in Ruhe und Frieden, wenn er nicht recht gut wüßte, wo Spencer ist?«

»Ich kann Ihnen das nicht erklären,« fiel Mrs. Tucker hastig ein, »Das heißt – ich –«

»Dann können Sie uns wohl auch nich erklären,« fragte Patterson mit düsterer Bedeutsamkeit, »warum Poindexter die meisten Forderungen an Spencer aufgekauft und in seine eigenen Hände gebracht hat? Sie sind natürlich überzeugt, daß er's nich thut, um ihn unter'n Daumen zu kriegen und an der Rückkehr hierher zu hindern, nich wahr? Vielleicht wissen Sie auch nich, warum er Himmel und Erde in Bewegung setzt, um Don José Santierra zum Verkauf von Los Cuervos zu bewegen, und warum Don José nich drauf eingeht?«

»Don José soll Los Cuervos verkaufen! Sie meinen wohl kaufen?« gab Mrs. Tucker zur Antwort. »Ich selbst habe es ihm zum Kauf angeboten.«

Patterson stand von seinem Stuhle auf, sah sich wie verzweifelt um und fuhr sich dann langsam über die Stirn.

»Ich wußte wohl, daß es kommen mußte,« sagte er in dem früheren unheilverkündenden Tone. »Ich wußte 's, und nu is es da! Das is das Anzeichen gewesen. Ich bin verrückt geworden oder blödsinnig. Ich würde 'nen Eid darauf geschworen haben, daß Mrs. Baxter hier mir erst vor 'n paar Stunden erzählte, sie hätte den Rancho vor etwa zwei Jahren an Don José verkauft und jetzt sagen Sie –«

»Halten Sie ein!« rief Mrs. Tucker mit einer Stimme, welche dem Manns und der Frau, die ihr gegenüber standen, durch Mark und Bein ging. Starr und aufrecht, als wäre sie aus Stein gemeißelt, stand sie da. »Ich befehle Ihnen, mir zu erklären, was alles dies zu bedeuten hat!« fuhr sie fort, indem sie ihre funkensprühenden Augen, aber auch nur diese, Mrs. Baxter zuwandte.

Selbst von Mrs. Baxters Lippen verschwand das vergnügte Lächeln und sie wurde bleich, als sie, zögernd und unterwürfig zugleich erwiderte: »Ich glaubte, Sie wüßten es längst, daß Spencer mir Los Cueruos geschenkt hatte. Ich verkaufte den Rancho an Don José, um Geld zu unserer Flucht zu bekommen. Es geschah auf Spencers Wunsch und Geheiß –«

»Das ist eine Lüge!« rief Mrs. Tucker.

Für einen Augenblick trat tiefes Schweigen ein. Die glühende Zornesröte, welche Mrs. Baxter ins Gesicht geschossen war, verschwand, zu Pattersons starrer Verwunderung, ebenso schnell, wie sie gekommen war. Die junge Frau erhob die Augen nicht zu Mrs. Tucker, aber sie stand langsam von ihrem Sitze auf. Dann sagte sie: »Ich wünschte zu Gott, daß es eine Lüge wäre; aber es ist die Wahrheit. Ebenso wahr ist es aber auch, daß ich keinen Cent des Geldes für mich behalten habe. Spencer hat die Summe unverkürzt in Empfang genommen! – Und nun kommt, Patterson, laßt uns gehen,« fuhr sie fort, indem sie ihre Hand auf den Arm des melancholischen Mannes legte.

Beide schritten dem Thore zu; aber ehe sie es erreichten, blieb Patterson noch einmal stehen und strich mit der Hand über die gesenkte Stirn. Es schien, als dringe sich ihm die Notwendigkeit auf, der

Unterredung einen passenden und folgerichtigen Abschluß zu geben.

»Somit haben Sie also gar nichts wieder von Spencer gehört!« sagte er betrübt. Dann verschwand er mit Mrs. Baxter jenseits des Thores.

Sobald sich Mrs. Tucker allein sah, hob sie mit einem Aufschrei die verschränkten, kalten Hände über den Kopf empor – dann ließ sie dieselben langsam auf ihr nach oben gekehrtes Antlitz und die Augen herabsinken, in deren Höhlen sie die Ballen so fest eindrückte, als wolle sie damit alles Licht und das ganze noch vor ihr liegende Leben auslöschen. So stand sie einige Minuten regungslos und lautlos da, während der sich erhebende Wind leise mit ihrem weißen Morgengewande spielte und das Laubwerk zitternde Schatten darauf warf. Endlich ließ sie – mit noch immer geschlossenen Augen – die gefalteten Hände auf die Brust herabsinken, preßte sie fest aufs Herz, löste sie dann, und fuhr damit, während sie einen zweiten Schrei ausstieß, an sich herunter, als wolle sie ein verhaßtes, ekelhaftes Kleidungsstück abstreifen.

Schnellen Schrittes eilte sie nun nach dem Thore, blickte sich draußen um, und kehrte, auf dem Wege ihren Trauring vom Finger ziehend, nach der Veranda zurück. Hier stand sie eine Weile – dann rückte sie bedächtig und langsam die Stühle wieder zurecht, brachte die buntfarbigen Kissen und Behänge derselben wieder in Ordnung und begab sich anscheinend ruhig in ihr Zimmer zurück.

*

Zwei Tage später trabte die schwitzende Stute Kapitän Poindexters in den Corral von Los Cuervos ein und wenige Augenblicke danach betrat der Reiter die Veranda. Er händigte Concha einen Brief ein, dessen Inhalt sowohl, wie die kurzen Worte, mit denen er ihr überreicht wurde, die alte Frau gänzlich aus der Fassung zu bringen schienen. Dann blickte er still auf die leeren Räume, welche von dem Duft und Atem seiner bisherigen anmutigen Bewohnerin noch ganz erfüllt schienen, bis sich seine schwarzen Augen feuchteten.

Endlich störte ihn das Geklingel mexikanischer Sporen aus seinen Träumereien auf und das alte humoristische Lächeln lag bereits wieder auf seinem Gesichte, als Don José ungestüm eintrat.

Der Spanier fuhr bei seinem Anblick zurück, gewann jedoch sofort die Fassung wieder.

»Ah, finde ich Sie hier! Das ist mir ja sehr lieb!« rief er, indem er einen Brief aus seiner Brusttasche zog. »Sehen Sie her! Nennen Sie das ein gegebenes Ehrenwort halten? Kann man sich so auf eine Verabredung mit Ihnen verlassen?«

Poindexter ergriff den Brief kühl und gelassen. Derselbe enthielt einige sehr würdevoll gehaltene Zeilen von Mrs. Tucker, in welchen sie Don José mitteilte, wie sie erst in diesem Augenblicke in Erfahrung gebracht, welche berechtigten Ansprüche er an Los Cuervos habe, ihm für seine zarte Rücksicht den herzlichsten Dank abstattete und in den achtungsvollsten aber auch bestimmtesten Worten die Hoffnung aussprach, er werde begreifen, daß es ihr unmöglich sei, seine Gastfreundschaft auch nur einen Tag länger in Anspruch zu nehmen.

»Von mir hat sie kein Wort erfahren,« sagte Poindexter ruhig, »Mögen wir im Recht oder Unrecht gewesen sein – ich habe Ihnen mein Wort gehalten. – Ebensogut und mit demselben Rechte konnte ich Sie beschuldigen, Verrat an mir geübt zu haben,« setzte er noch kühler hinzu, indem er einen zweiten Brief aus der Tasche zog und ihn Don José einhändigte.

Derselbe schien noch kürzer und kälter, war es aber nicht. Er sagte Kapitän Poindexter, daß Mrs. Tucker, nachdem er sie ein zweites Mal hintergangen, sich genötigt sehe, ihre Angelegenheiten fortan in die eigenen Hände zu nehmen und daß sie die ganze Einrichtung von Los Cuervos ihm hinterlasse, dem sie, wie sie jetzt wisse, dafür verpflichtet und verschuldet sei. Sie verzichte darauf, so fuhr sie fort, ihm zu danken, denn seiner ritterlichen Natur nach würde er für die erste beste Frau in ihrer Lage dasselbe gethan haben – aber sie verzeihe ihm, daß er sie so falsch beurteilt und eben auch wie die erste beste – vielleicht sollte sie sagen: wie ein Kind – behandelt hätte. Wenn er diese Zeilen erhalte – so schloß der Brief – befände sie sich bereits auf dem Wege nach ihrer alten Heimat in Kentucky, wo sie hoffte, durch eigene Kraft und Anstrengung so viel zu erwerben, daß sie ihre Schuld an ihn abtragen könne.

»Sie sagt kein Wort von ihrem Manne,« brach endlich Don José das Schweigen, indem er Poindexter prüfend in die Augen sah. »Wäre es möglich, daß sie sich doch wieder mit ihm vereinigte? Was meinen Sie?«

»Ich glaube, in gewissem Sinne ist sie nie von ihm getrennt gewesen,« entgegnete der Sachwalter mit ernster Miene.

Don José wurde rot, entgegnete aber anscheinend gleichgültig: »Und was wird nun mit dem Rancho – natürlich haben Sie jetzt nicht mehr die Absicht, ihn zu kaufen?«

»Im Gegenteil – ich bleibe bei meinem Gebot auf die Besitzung,« gab Poindexter ruhig zur Antwort.

Don José sah ihn noch einmal prüfend an.

»Nun, wir wollen uns die Sache überlegen und dann weiter davon sprechen,« sagte er.

Und nachdem er die Sache in Ueberlegung gezogen, nahm er Kapitän Poindexters Gebot an.

Der neue Besitzer brachte nun seine längst gehegten Absichten zur Urbarmachung der Ländereien schnell und unter eigener energischer Leitung zur Ausführung. Zuerst sanken die dicken Mauern der Hacienda unter den Hammerschlägen der Arbeiter zusammen, dann verschwand auch die niedrige Umfassung des Corrals und der nächste Sommerwind strich ohne Hindernis über die nun völlig flache Ebene bis hinab zum Landungsplatze, wo neue Baulichkeiten rasch emporstiegen. Nur ein etwas lebhafteres Grün bezeichnete die Stelle, wo die zerfallenden Backsteinmauern der alten Casa sich wieder dem Erdboden einverleibten, dem sie entstammten. Der Kanal wurde vertieft, die Lagune entwässert und ausgetrocknet, bis eines Tages der magische Spiegel, welcher dem suchenden Auge der Blaugras-Penelope so lange einen Ruhepunkt gewährt, auch an der tiefsten Stelle tot und glanzlos – nur noch ein zäher, häßlicher Sumpf, ein Schauplatz des Moders und der Verrottung – dalag, um bald ganz und für immer aus dem Gesicht der Menschen zu verschwinden.

An dieser Stelle des Morastes hielten die Krähen – welchen Los Cuervos den Namen verdankte – besonders laute und zahlreiche Versammlungen, Sie kamen und gingen in großen Wolken oder arbeiteten in dichten Haufen am Boden, als wollten sie das von den Menschen begonnene Werk vollenden, und so gründlich und fleißig thaten sie ihre Arbeit, daß am Ende der Woche nur noch einige zerstreute, weißschimmernde Gebeine auf der Oberfläche des schnell austrocknenden Bodens zurückblieben. Diese Gebeine waren die letzten Ueberreste des vermißten Flüchtlings, Spencer Tucker!

*

In denselben Frühlingstagen stieg aus anderen, über das ganze Land verbreiteten Sümpfen ein Wind empor, welcher Dinge, wie die eben erzählten mit seinem Hauche hinwegfegte, wie leichte Nebel. Es war der Krieg! Er rief die Männer aller Stände und jedes Berufs in die Reihen der Kämpfer für das Heil der Nation, und unter den ersten, welche dem Rufe folgten, befand sich Kapitän Poindexter. Der Krieg, welcher ihm die Epauletten wieder auf den Schultern befestigte, verzierte dieselben mit zwei weiteren Sternen, stellte ihn im Triumph in die ersten Reihen der Helden und legte ihn endlich, an einem Sommerabende, nach erbittertem und siegreichem Kampfe vor der Thür eines Farm-Hauses im Blaugraslande nieder. Die Frau aber, welche ihn aufnahm, ihn pflegte und seine Wunden kühlte, sagte nach seiner Genesung, während sie ihre Hand in die seinige legte mit leiser, schüchterner Stimme:

»Ich habe es ja immer gewußt, daß ich leben müßte, um meine Schuld an dich abzutragen.«

Ende.

Über tredition

Eigenes Buch veröffentlichen

tredition wurde 2006 in Hamburg gegründet und hat seither mehrere tausend Buchtitel veröffentlicht. Autoren veröffentlichen in wenigen leichten Schritten gedruckte Bücher, e-Books und audio-Books. tredition hat das Ziel, die beste und fairste Veröffentlichungsmöglichkeit für Autoren zu bieten.

tredition wurde mit der Erkenntnis gegründet, dass nur etwa jedes 200. bei Verlagen eingereichte Manuskript veröffentlicht wird. Dabei hat jedes Buch seinen Markt, also seine Leser. tredition sorgt dafür, dass für jedes Buch die Leserschaft auch erreicht wird.

Im einzigartigen Literatur-Netzwerk von tredition bieten zahlreiche Literatur-Partner (das sind Lektoren, Übersetzer, Hörbuchsprecher und Illustratoren) ihre Dienstleistung an, um Manuskripte zu verbessern oder die Vielfalt zu erhöhen. Autoren vereinbaren direkt mit den Literatur-Partnern die Konditionen ihrer Zusammenarbeit und partizipieren gemeinsam am Erfolg des Buches.

Das gesamte Verlagsprogramm von tredition ist bei allen stationären Buchhandlungen und Online-Buchhändlern wie z. B. Amazon erhältlich. e-Books stehen bei den führenden Online-Portalen (z. B. iBookstore von Apple oder Kindle von Amazon) zum Verkauf.

Einfach leicht ein Buch veröffentlichen: **www.tredition.de**

Eigene Buchreihe oder eigenen Verlag gründen

Seit 2009 bietet tredition sein Verlagskonzept auch als sogenanntes "White-Label" an. Das bedeutet, dass andere Unternehmen, Institutionen und Personen risikofrei und unkompliziert selbst zum Herausgeber von Büchern und Buchreihen unter eigener Marke werden können. tredition übernimmt dabei das komplette Herstellungs- und Distributionsrisiko.

Zahlreiche Zeitschriften-, Zeitungs- und Buchverlage, Universitäten, Forschungseinrichtungen u.v.m. nutzen diese Dienstleistung von tredition, um unter eigener Marke ohne Risiko Bücher zu verlegen.

Alle Informationen im Internet: **www.tredition.de/fuer-verlage**

tredition wurde mit mehreren Innovationspreisen ausgezeichnet, u. a. mit dem Webfuture Award und dem Innovationspreis der Buch Digitale.

tredition ist Mitglied im Börsenverein des Deutschen Buchhandels.

Dieses Werk elektronisch lesen

Dieses Werk ist Teil der Gutenberg-DE Edition DVD. Diese enthält das komplette Archiv des Projekt Gutenberg-DE. Die DVD ist im Internet erhältlich auf **http://gutenbergshop.abc.de**

Zeitfracht Medien GmbH
Ferdinand-Jühlke-Straße 7
99095 Erfurt, Deutschland
produktsicherheit@kolibri360.de